10/18

12, AVENUE D'ITALIE. PARIS XIIIe

Sur l'auteur

P. G. Wodehouse est né en Angleterre en 1881. Il produit très jeune des romans légers et des contes pour enfants qu'il publie en feuilleton et, grâce au succès naissant, décide de se rendre aux États-Unis. Séduit par l'Amérique, il ne cessera plus, sa vie durant, d'aller et venir entre l'Ancien et le Nouveau Monde. Il vend plusieurs nouvelles au prestigieux *Saturday Evening Post* et rencontre le grand Ziegfeld pour lequel il compose plusieurs chansons qui deviennent rapidement des succès à Broadway. Il travaille successivement avec Ivring Berlin, Cole Porter, George Gershwin et Jerome Kern, et écrit les chansons de trente-trois comédies musicales. En 1909, il publie la première aventure du fameux Bertram Wooster et de son fidèle valet Jeeves, une série au succès formidable qu'il adapte pour la télévision en 1965. Écrivain prolixe, Wodehouse a publié près de cent romans et vingt pièces de théâtre, a écrit des centaines de nouvelles et articles pour de grands magazines tels que *Vanity Fair*, *Harper's Bazaar* ou *Cosmopolitan*. Reconnu comme l'un des plus brillants humouristes britanniques, Wodehouse est anobli par la reine d'Angleterre un an avant sa mort en 1974.

P.G. WODEHOUSE

GARDEZ LE SOURIRE, JEEVES !

Traduit de l'anglais
par Anne-Marie BOULOCH

INÉDIT

10/18

« *Domaine étranger* »
créé par *Jean-Claude Zylberstein*

Du même auteur
aux Éditions 10/18

BONJOUR JEEVES, n° 1498
BIENVENUE À BLANDINGS, n° 3668
TOUJOURS PRÊT, JEEVES, n° 4037
AU PAYS DU FOU RIRE, n° 4469

Titre original :
Stiff upper Lip, Jeeves

© The Trustees of the Wodehouse Estate, 1963.
© Éditions 10/18, Département d'Univers Poche, 2002,
pour l'édition française.
ISBN 978-2-264-03575-2

CHAPITRE PREMIER

Je marmeladais un toast avec panache et je pense n'avoir jamais été aussi près de chanter « Tra-la-la » qu'à ce moment, car je me sentais dans une forme printanière ce matin-là. Dieu, comme l'avait exprimé une fois Jeeves, était dans son paradis et tout allait bien de par le monde (il avait ajouté, si je me souviens bien, quelque chose à propos d'alouettes et d'escargots, mais comme un à-côté, donc inutile de m'y étendre ici).

Ce n'est un secret pour personne, dans les cercles qu'il fréquente, que Bertram Wooster, aussi brillant qu'il puisse être quand la nuit est tombée et que la fête bat son plein, est rarement pétulant à la table du petit déjeuner. Confronté aux œufs au bacon, il a tendance à les considérer prudemment, comme s'il craignait qu'ils ne lui sautent au visage après avoir jailli de l'assiette. Pour nous résumer, disons qu'il n'a, généralement, pas une once d'énergie.

Mais, aujourd'hui, les conditions étaient considérablement différentes. Tout n'était que verve (si c'est bien le mot que je cherche) et animation. Quand je vous aurai dit qu'après avoir englouti deux saucisses, comme le tigre dans la jungle s'envoie le coolie de son déjeuner, j'étais maintenant, comme indiqué ci-dessus, prêt à empoigner toast et marmelade, je suppose que je n'aurai besoin de rien ajouter.

Inutile de chercher bien loin la raison de cet appétit

inaccoutumé pour les protéines et les glucides. Jeeves était de retour, gagnant de nouveau son enveloppe hebdomadaire, fidèle au poste. Son majordome ayant souffert de quelque maladie, ma tante Dahlia, ma chère et bien-aimée tante, m'avait emprunté Jeeves, pour une réception qu'elle donnait à Brinkley Court, sa résidence du Worcestershire, et il était resté absent plus d'une semaine. Bien sûr, Jeeves est le gentleman du gentleman, pas un majordome, mais, si le besoin s'en fait sentir, il peut majordomer aussi bien qu'un autre. Il a ça dans le sang. Son oncle Charlie est majordome et, sans aucun doute, il lui a passé la technique.

Il arriva, un peu plus tard, pour enlever les reliefs de mon repas, et je lui demandai s'il s'était amusé à Brinkley.

— C'était très agréable, merci, Monsieur.

— Plus agréable qu'ici en votre absence. Je me suis senti comme un enfant de l'âge le plus tendre, privé de sa nourrice. Si je peux me permettre de vous appeler nourrice.

— Comme vous voudrez, Monsieur.

En disant une telle chose, je donnerais à ma tante Agatha des verges pour me fustiger. Ma tante Agatha, vous savez, celle qui mange des tessons de bouteille et qui se transforme en loup-garou à la pleine lune ! Eh bien, elle fait généralement référence à Jeeves comme à mon gardien.

— Oui, vous m'avez cruellement manqué, Jeeves, je n'ai pas eu le cœur à faire la noce avec mes amis du *Drones*. D'amusement en amusement, ils... quelle est donc cette plaisanterie ?

— Monsieur ?

— Je vous l'ai entendu raconter une fois à propos de Freddie Widgeon quand une de ses amies lui avait posé un lapin. Quelque chose à voir avec se traîner.

— D'amusement en amusement, ils me traînent, pour étourdir mes regrets...

— ... Et quand ils me voient sourire, ils croient que j'ai oublié. C'est ça. Est-ce de vous, par hasard ?

— Non, Monsieur, une vieille ballade anglaise.

— Oh ? Enfin, c'était exactement comme ça pour moi. Mais parlez-moi de Brinkley. Comment va Tante Dahlia ?

— Mrs. Travers semble jouir de sa robuste santé coutumière, Monsieur.

— Et comment la réception s'est-elle passée ?

— Raisonnablement bien, Monsieur.

— Seulement raisonnablement ?

— L'humeur de Mr. Travers a jeté une ombre sur l'assemblée, il était déprimé.

— Il l'est toujours quand Tante Dahlia remplit la maison d'invités. J'ai même vu des cas où un seul corps étranger dans les environs semblait lui rendre la coupe très amère.

— C'est vrai, Monsieur, mais, en cette occasion, son humeur noire était principalement due à la présence de Sir Watkyn Bassett.

— Vous ne voulez pas dire que ce vieux débris était là ? dis-je, par-Jupiterant, car je sais que, s'il y a un homme pour lequel l'âme de mon oncle Tom a le plus vif dégoût, c'est bien ce Bassett. Vous me sidérez, Jeeves.

— Je dois aussi confesser une certaine surprise de voir ce gentleman à Brinkley Court, mais sans doute Mrs. Travers s'est-elle sentie obligée de lui rendre son hospitalité. Vous vous souvenez que Sir Watkyn vous a récemment reçus, Mrs. Travers et vous, à Totleigh Towers.

Je frémis. Sa seule intention était, je suppose, de me rafraîchir la mémoire, mais il avait touché un nerf encore à vif. Il restait un peu de café froid et je m'en versai une tasse pour restaurer ma sérénité.

— Le mot « reçu » n'est pas bien choisi, Jeeves. Si enfermer un type dans sa chambre, presque menottes aux poignets, et faire stationner les forces de la police locale sur la pelouse, sous ses fenêtres, pour éviter qu'il ne se tire à l'aide d'un drap noué est votre définition de « recevoir », ce n'est pas la mienne. Il s'en faut de beaucoup !

Je ne sais pas où vous en êtes dans la saga de Wooster,

mais si vous vous y êtes un peu intéressé, vous vous souvenez probablement de la sinistre affaire de Sir Watkyn Bassett et de ma visite à sa gentilhommière du Gloucestershire. Lui et mon oncle Tom sont rivaux et collectionneurs de ce qu'on appelle « objets d'art ». En une occasion, il lui avait piqué une crémière d'argent en forme de vache, une chose absolument révoltante, et Tante Dahlia et moi allâmes à Totleigh pour la re-piquer, une entreprise qui, bien que couronnée de succès, comme on dit, a été si près de me faire coller au trou, que, quand je repense à cette maison de l'horreur, je frémis encore comme une feuille de tremble, si les trembles sont bien ce que je crois.

— Faites-vous quelquefois des cauchemars, Jeeves ? demandai-je quand mon accès de frémissement fut calmé.

— Pas fréquemment, Monsieur.

— Moi non plus. Mais quand j'en fais, le décor est toujours le même. Je suis à Totleigh Towers avec Sir Bassett, sa fille Madeline, Roderick Spode, Stiffy Byng, Gussie Fink-Nottle et le chien Bartholomew, avec leurs sombres machinations, et je m'éveille, si vous me pardonnez l'expression sitôt après le petit déjeuner, suant par tous les pores.

— Cela affermit l'âme d'un homme, Monsieur.

— Exactement. Vous dites cela très bien. Sir Watkyn Bassett, hein ? dis-je pensivement. Pas étonnant qu'Oncle Tom ait pris le deuil et soit resté inconsolable. À sa place, j'aurais moi-même été déprimé. Et qui d'autre était présent ?

— Miss Bassett, Monsieur, Miss Byng, le chien de Miss Byng et Mr. Fink-Nottle.

— Woaouw ! Pratiquement toute la bande de Totleigh Towers ! Pas Spode ?

— Non, Monsieur, apparemment, l'invitation n'avait pas été étendue à Sa Seigneurie.

— Sa quoi ?

— Mr. Spode, si vous vous en souvenez, a récemment reçu par succession le titre de Lord Sidcup.

— C'est vrai, j'avais oublié. Mais, Sidcup ou pas Sidcup, il sera toujours Spode pour moi. C'est un sale type, Jeeves.

— Certainement une forte personnalité, Monsieur.

— Je ne voudrais plus le voir traîner autour de moi.

— Je comprends cela aisément, Monsieur.

— Pas plus que je ne voudrais me retrouver avec Sir Watkyn Bassett, Madeline Bassett, Stiffy Byng ou Bartholomew. Je ne parle pas de Gussie. Il a l'air d'un poisson et il élève des têtards dans un aquarium dans sa chambre, mais on peut passer ces sortes de choses à un vieux condisciple, juste comme on passe à un vieil ami d'Oxford comme le révérend H.P. Pinker l'habitude de trébucher et de heurter tout ce qu'il rencontre. Comment va Gussie ? Toujours frétillant ?

— Non, Monsieur. Mr. Fink-Nottle m'a paru, lui aussi, plutôt déprimé.

— Peut-être qu'un de ses têtards a attrapé une angine, ou autre chose ?

— C'est possible, Monsieur.

— Vous n'avez jamais élevé de têtards, n'est-ce pas ?

— Non, Monsieur.

— Moi non plus. Et, à ma connaissance, Einstein, Jack Dempsey et l'archevêque de Canterbury, pour ne citer qu'eux, n'en ont pas élevé non plus. Cependant, Gussie s'épanouit en leur société. Il n'est heureux que fourré avec eux. Il faut de tout pour faire un monde, Jeeves.

— Certainement, Monsieur. Déjeunerez-vous ici ?

— Non. J'ai rendez-vous au *Ritz*, dis-je.

Et je le quittai pour aller revêtir mon écorce de gentleman britannique.

Tandis que je m'habillais, mes pensées revinrent aux Bassett. Je me demandais encore pourquoi diable ma tante Dahlia avait permis que l'air pur de Brinkley Court fût pollué par Sir Watkyn et consorts, quand le téléphone sonna. J'allai dans le hall pour répondre.

— Bertie ?

— Oh, salut, Tante Dahlia.

On ne pouvait pas se méprendre à cette voix bien-aimée. Comme toujours quand nous conversions au téléphone, elle m'avait presque fracturé le tympan. Cette tante était, en son temps, une figure importante des cercles de chasse et, quand elle était à cheval, m'a-t-on dit, elle se faisait entendre, non seulement du champ ou de la prairie où elle se trouvait, mais aussi de plusieurs comtés environnants. Retirée des activités anti-renard, elle s'adressait maintenant à ses neveux sur le ton qu'elle employait, jadis, pour réprimander la meute qui s'amusait à poursuivre les lapins.

— Alors, tu es éveillé et levé ? pétula-t-elle. Je croyais que tu serais au lit, en train de ronfler à pleins poumons.

— C'est un peu inhabituel de me voir en circulation de si bonne heure, acquiesçai-je, mais je me suis levé avec l'alouette et, je pense, l'escargot. Jeeves !

— Monsieur ?

— Ne m'avez-vous pas dit, une fois, que les escargots étaient des lève-tôt ?

— Oui, Monsieur, le poète Browning, dans *Pippa Passes*, ayant établi qu'il était sept heures du matin, poursuit : « L'alouette est sur l'aile, l'escargot sur l'épine. »

— Merci, Jeeves. J'avais raison, Tante Dahlia. Quand je me suis glissé hors de mes draps, l'alouette était sur l'aile, l'escargot sur l'épine.

— Que diable es-tu en train de raconter ?

— Ce n'est pas à moi qu'il faut le demander, c'est au poète Browning. Je vous disais seulement que j'étais debout aux aurores. Je pense que c'est le moins que je puisse faire pour célébrer le retour de Jeeves.

— Il va bien, au fait ?

— Bronzé et en pleine forme.

— Il était dans une forme extraordinaire ici aussi. Bassett a été terriblement impressionné.

Je fus heureux d'avoir cette opportunité de résoudre l'énigme qui me rendait perplexe.

— Justement, dis-je, j'aimerais bien avoir un petit

renseignement là-dessus. Pourquoi avez-vous invité Pop Bassett à Brinkley ?

— Je l'ai fait pour la femme et les enfants.

Je euh-quoi-ai.

— Pourriez-vous être un peu plus explicite ? dis-je. Certains détails m'ont échappé.

— Pour le bien de Tom, veux-je dire, répliqua-t-elle avec un rire bon enfant qui me fit trembler sur mes bases. Tom se sentait plutôt mal récemment à propos de ce qu'il appelle les Taxes Iniques. Tu sais qu'il déteste les lâcher.

Je le savais, bien sûr. Si Oncle Tom avait son mot à dire, les autorités du fisc n'auraient même pas droit à un coup d'œil sur son argent.

— Alors, j'ai pensé que d'avoir à fraterniser avec Bassett lui ferait penser à autre chose, lui montrerait qu'il y a des choses pires en ce monde que les impôts. C'est notre médecin qui m'a donné cette idée. Il me parlait d'une chose appelée maladie de Hodgkin, qu'on guérit en donnant de l'arsenic au malade. Le principe est le même. Ce Bassett est vraiment la limite. Quand je te verrai, je te raconterai l'histoire de la statuette d'ambre. C'est un truc qu'il vient d'acheter pour sa collection. Il l'a montrée à Tom en se rengorgeant, et Tom a souffert mille morts, la pauvre vieille buse !

— Jeeves m'a dit qu'il était déprimé.

— Tu le serais aussi, si tu étais collectionneur et qu'un autre collectionneur, que tu détestes particulièrement, avait mis la main sur une chose pour laquelle tu aurais été jusqu'à vendre ton âme.

— Je vois ce que vous voulez dire, dis-je, m'ébahissant, comme si souvent, qu'Oncle Tom puisse attacher tant de valeur à des objets avec lesquels, personnellement, je n'aurais pas voulu être trouvé mort dans un fossé.

La crémière-vache, que j'ai mentionnée plus tôt, en était un exemple. Un pot à crème en forme de vache, de toutes les idées révoltantes ! J'ai toujours soutenu sans crainte que les types qui collectionnent de telles choses devraient être enfermés dans des cellules capitonnées.

— Tom en a fait une indigestion comme il n'en avait pas eu depuis la dernière fois où il s'est laissé entraîner à manger du homard. À propos d'indigestion, je viens à Londres après-demain et je te demanderai de m'offrir à déjeuner.

Je lui assurai qu'elle serait la bienvenue et, après l'échange de quelques autres civilités, elle raccrocha.

— C'était Tante Dahlia, Jeeves, dis-je en m'éloignant du combiné.

— Oui, Monsieur, je pensais bien avoir reconnu la voix de Mrs. Travers.

— Elle veut que je lui offre à déjeuner après-demain. Je pense qu'il vaudrait mieux la recevoir ici. Elle ne raffole pas de la cuisine des restaurants.

— Très bien, Monsieur.

— Qu'est-ce que c'est que cette statuette d'ambre dont elle m'a parlé ?

— C'est une histoire plutôt longue, Monsieur.

— Alors, vous me la raconterez plus tard. Si je ne me dépêche pas, je vais être en retard pour mon rendez-vous.

J'attrapai mon parapluie et mon chapeau, et je me hâtais vers les grands espaces quand j'entendis Jeeves émettre une petite toux réprobatrice. M'étant retourné, je vis qu'un nuage allait assombrir nos joyeuses retrouvailles. Dans l'œil qu'il fixait sur moi, je détectai cette étincelle qui signifie toujours qu'il désapprouve quelque chose. Quand il dit, d'une voix soupçonneuse, « Excusez-moi, Monsieur, mais vous proposez-vous d'entrer à l'hôtel *Ritz* avec ce chapeau ? », je sus que l'heure était venue pour Bertram de montrer cette résolution de fer pour laquelle il est universellement célèbre. En matière de couvre-chef, Jeeves n'est pas en accord avec la pensée moderne, on pourrait même décrire son attitude comme rétrograde et, depuis le début, je me demandais quelle serait sa réaction devant ce chapeau tyrolien bleu à plume rose que j'avais acheté en son absence. Maintenant je le savais, pouvais-je dire, d'un seul coup d'œil : il ne l'appréciait absolument pas.

Moi, d'un autre côté, j'étais fou de ce galure tyrolien. J'étais prêt à admettre qu'il eût mieux convenu à une tenue champêtre, mais il fallait voir quelle *diablerie**[1] il ajoutait à mon apparence, et mon apparence a besoin de *diablerie** ! Donc, ma voix, quand je répondis, contenait un reflet d'acier.

— Oui, Jeeves. C'est, en un mot, ce que je me propose de faire. N'aimez-vous pas ce chapeau ?

— Non, Monsieur.

— Eh bien, moi, si, répliquai-je plutôt habilement.

Je sortis en le penchant pour obtenir cette petite ombre sur l'œil gauche qui fait toute la différence.

---

1. Les mots en italique suivis d'un astérisque sont en français dans le texte. *(N.d.T.)*

CHAPITRE II

J'avais rendez-vous, au *Ritz*, avec Emerald Stoker, la plus jeune rejetonne de ce vieux pirate de Pop Stoker, celui qui m'avait kidnappé à bord de son yacht, jadis, dans le but de me faire épouser sa fille aînée, Pauline. Une longue histoire, sur laquelle je ne m'étendrai pas, disons seulement que l'idiot avait tout à fait mal compris les relations entre son agneau chéri et moi, puisque nous n'étions que deux bons amis, comme on dit. Heureusement, tout a bien fini, puisque l'agneau a tissé des liens matrimoniaux avec Marmaduke, Lord Chuffnell, un de mes vieux copains, et que nous sommes toujours bons amis. Je passe un week-end de temps en temps chez eux, et quand elle vient à Londres faire des courses ou autre chose, je m'assure qu'elle y trouve son content de calories. Il est donc bien naturel que, comme sa sœur Emerald vient d'Amérique pour étudier la peinture au Slade, elle m'ait demandé de garder un œil sur elle et de l'emmener déjeuner de temps en temps. Ce bon vieux Bertram, l'ami de la famille.

J'étais un peu en retard, comme je l'avais appréhendé. Elle était déjà là quand j'arrivai. Comme chaque fois que je la voyais, je fus frappé par les différences que l'on peut trouver entre les membres d'une même famille, différences d'apparence, j'entends, entre le membre A et le membre B, et, comme par hasard, aussi entre le membre B et le membre C, si vous me suivez. Prenez le groupe

Stoker, par exemple. À les voir, vous n'auriez jamais deviné qu'ils étaient unis par les liens du sang. Le vieux Stoker ressemblait à ces acteurs qui jouent les seconds rôles dans les films de gangsters, Pauline était d'une telle beauté que les hommes costauds la sifflaient dans la rue, tandis qu'Emerald, par esprit de contradiction, était tout à fait banale, pas différente d'un million d'autres jolies filles, sauf peut-être une touche de pékinois sur le nez et les yeux, et davantage de taches de rousseur qu'il n'est habituel.

J'aimais m'installer à une mangeoire avec elle, car elle avait des manières maternelles tout à fait reposantes. C'est une de ces filles douces et sympathiques, auxquelles vous pouvez toujours raconter vos ennuis, sûr qu'elles vous tiendront la main et vous tapoteront la tête. J'étais encore un peu remonté contre Jeeves à propos du chapeau tyrolien, alors, bien sûr, je lui en parlai et aucune attitude n'eût pu être de meilleur goût que la sienne. Elle me dit que Jeeves lui rappelait son père, même si elle ne l'avait jamais rencontré, Jeeves, je veux dire, pas son père, qu'elle avait, évidemment, rencontré de nombreuses fois, et que j'avais bien fait de montrer la main de velours dans le gant de fer (ou plutôt dans l'autre sens, n'est-ce pas ?) car il ne faut jamais se laisser commander. Elle ajouta que son père essayait toujours de commander à tout le monde, et qu'un de ces jours un intrépide allait se rebeller et lui boxer le nez, ce qui, d'après elle, et j'étais bien d'accord, lui ferait le plus grand bien.

Je lui fus si reconnaissant pour ces bonnes paroles que je lui demandai si elle voulait m'accompagner au théâtre le soir suivant, car je savais où me procurer des billets pour une comédie musicale dont on parlait beaucoup, mais elle répondit qu'elle ne pourrait pas.

— Je pars à la campagne cet après-midi, je vais chez des gens. Je prends le train de quatre heures à Paddington.

— Pour combien de temps ?

— Environ un mois.

— Au même endroit, tout le temps ?
— Bien sûr.

Elle en parlait légèrement, mais je la regardai soudain avec un certain respect. Moi, je n'ai jamais trouvé hôte ou hôtesse qui puisse supporter ma présence plus d'une semaine environ. En vérité, longtemps avant cela, en règle générale, la conversation à table se met à tourner sur le sujet des trains pour Londres, les hôtes espérant manifestement que Bertram profitera de l'excellent service offert par les chemins de fer. Pour ne rien dire des indicateurs laissés sur ma table de nuit, avec une grande croix rouge sur le 2 h 35 et la légende : « Excellent train, chaudement recommandé. »

— Ils s'appellent Bassett.

Je sursautai visiblement.

— Ils vivent dans le Gloucestershire.

Je sursautai visiblement.

— Leur maison s'appelle...
— Totleigh Towers ?

Elle sursauta visiblement, ce qui faisait trois sursauts visibles en tout.

— Oh ! Vous les connaissez ? C'est formidable. Vous allez pouvoir m'en parler.

Cela me surprit un peu.

— Pourquoi ? Ne les connaissez-vous pas ?
— J'ai seulement rencontré Miss Bassett. De quoi a l'air le reste ?

C'était un sujet sur lequel j'étais une source bien informée, mais j'hésitai un moment, me demandant si je devais révéler à cette frêle jeune fille ce qui l'attendait là-bas. Puis je décidai qu'il fallait dire la vérité et ne rien taire. C'était trop cruel de lui cacher les faits et de l'envoyer à Totleigh Towers sans la préparer.

— Les habitants de cette colonie de lépreux, dis-je donc, sont Sir Watkyn Bassett, sa fille Madeline, sa nièce Stephanie Byng, un type nommé Spode, qui se fait depuis peu appeler Lord Sidcup, et le terrier d'Aberdeen de Stiffy Byng, Bartholomew, que vous devriez surveiller soigneusement s'il s'approche de vos chevilles, car il mord comme un serpent et pique comme une vipère. Alors, vous connaissez Madeline Bassett ? Que pensez-vous d'elle ?

Elle sembla soupeser les informations. Un moment ou deux passèrent avant qu'elle ne refît surface. Quand elle parla, il y avait un soupçon d'inquiétude dans sa voix.

— Est-ce une grande amie à vous ?
— Loin de là.
— Alors, elle m'a fait l'effet d'une nouille.
— C'est une nouille.
— Bien sûr, elle est très jolie, il faut lui reconnaître cela.

Je hochai la cafetière.

— L'extérieur n'est pas tout. J'admets que tout sultan ou pacha au sang chaud, auquel on offrirait l'opportunité d'ajouter Madeline Bassett à son harem, sauterait illico sur l'occasion, mais il regretterait son impulsivité avant la fin de la première semaine. C'est une de ces filles aux caprices bizarres, elle soutient que les étoiles sont les pâquerettes de Dieu, que les lapins sont des gnomes au service de la reine des fées et qu'un enfant naît chaque fois qu'une fée se mouche, ce qui, nous le savons, n'est pas le cas. Elle est décourageante !

— Oui, c'est ce qu'il m'avait semblé. Un peu comme une des filles malades d'amour dans *Patience*.

— Hein ?

— *Patience*, de Gilbert et Sullivan. Vous ne connaissez pas ?

— Oh, oui, je me rappelle maintenant. Ma tante Agatha m'y a fait emmener son fils Thos, une fois. Pas mal, ce petit spectacle, bien qu'un peu intellectuel. Revenons à Sir Watkyn Bassett, le père de Madeline.

— Oui, elle a parlé d'un père.
— Et elle pouvait !
— De quoi a-t-il l'air ?
— D'une de ces horreurs venues de l'espace. Cela peut sembler un peu dur de dire cela d'un homme, mais je le mettrais encore devant votre père dans l'ordre des putois.

— Vous dites que mon père est un putois ?
— Pas devant lui, bien sûr.
— Il pense que vous êtes fou.
— Que Dieu bénisse son vieux cœur.
— Et on ne peut pas dire qu'il ait tort. D'ailleurs, il n'est pas si méchant si on le caresse dans le sens du poil.
— C'est possible, mais si vous pensez qu'un homme occupé comme moi a le temps de caresser votre père, dans le bon sens ou dans le mauvais, vous faites une grave erreur. Le mot « putois », au fait, me rappelle un autre aspect positif de la vie à Totleigh Towers. Il s'agit de la présence dans le village voisin du révérend H.P. (« Putois ») Pinker, le vicaire local. Il vous plaira. Il a joué au rugby pour l'Angleterre. Mais surveillez Spode. Il mesure environ trois mètres de haut et il a un regard qui fait ouvrir une huître à soixante pas. Faites la moyenne de tous les gorilles que vous avez rencontrés et vous aurez une idée.
— Vous semblez avoir des amis superbes.
— Ce ne sont pas mes amis. Cependant, j'aime beaucoup la jeune Stiffy Byng, je suis toujours prêt à la serrer sur mon cœur, à condition qu'elle ne commence pas quelque bêtise. Je pense que la brochette est complète. Oh, non ! j'oubliais Gussie.
— Qui est-ce ?
— Un camarade depuis des années et des années. Il est fiancé à Madeline Bassett. Un type nommé Gussie Fink-Nottle.

Elle émit un petit cri aigu.
— Il porte des lunettes d'écaille ?
— Oui.
— Et il élève des têtards ?
— À profusion. Pourquoi ? Le connaîtriez-vous ?
— Je l'ai rencontré dans une réception.
— Je ne pensais pas qu'il allait dans les réceptions.
— Il est allé à celle-là et nous avons parlé toute la soirée. C'est un agneau.
— Vous voulez dire un poisson ?
— Je ne veux pas dire un poisson.

— Il a l'air d'un poisson.
— Il n'a pas du tout l'air d'un poisson !
— Bon. Comme vous voudrez, dis-je, tolérant, sachant combien il est futile d'essayer de raisonner une fille qui a passé une soirée face à face avec Gussie Fink-Nottle, et qui ne trouve pas qu'il a l'air d'un poisson. Enfin, voilà Totleigh Towers. Quatre chevaux sauvages ne pourraient pas m'y traîner, bien que je ne pense pas qu'ils essaieraient, mais vous vous amuserez sans doute, là-bas, ajoutai-je pour ne pas la déprimer inutilement. C'est un bel endroit, et ce n'est pas comme si vous y alliez pour piquer une crémière-vache...
— Pour quoi une quoi ?
— Rien, rien. Je pensais juste à quelque chose, dis-je.
Et j'orientai la conversation vers d'autres sujets.

Quand nous nous séparâmes, elle me donna l'impression d'être un peu pensive, ce que je comprenais très bien. Et je ne me sentais pas impensif moi-même. Je suis un brin superstitieux, et la façon dont la famille Bassett semblait dresser vers moi sa tête hideuse, si vous voyez ce que je veux dire, me paraissait sinistre. J'avais un... quel est ce mot ?... ça commence par un p... *pré* quelque chose... pressentiment, c'est ça ! J'avais le pressentiment que mon ange gardien me donnait le tuyau que Totleigh Towers essayait de rentrer dans ma vie, et que je serais bien avisé de faire attention où je mettais les pieds et de garder l'œil ouvert.

C'était donc un Bertram Wooster pensif qui jouait avec un verre de malvoisie dans le fumoir du *Drones Club*. Aux tentatives des camarades membres qui voulaient me traîner d'amusement en amusement, je fis la sourde oreille. Je voulais réfléchir. Et je commençais à me persuader que toutes ces histoires de Totleigh Towers n'étaient que de pures coïncidences qui ne signifiaient rien, quand le serveur du fumoir entra et m'avertit qu'un gentleman me demandait. Un gentleman du clergé nommé Pinker, précisa-t-il, et je sursautai visiblement encore une fois, le pressentiment grandissant d'instant en instant.

Je n'avais aucune objection à l'encontre de Sa Sainteté Pinker. Je l'aimais comme un frère. Nous étions ensemble à Oxford, et nos relations ont toujours été celles de David et Jonathan. Mais, bien qu'il ne fût pas techniquement résident à Totleigh Towers, il aidait le curé à sauver les âmes dans le village contigu de Totleigh-in-the-Wold, et c'était presque assez pour me replonger dans cette appréhension profonde où je me débattais depuis un moment. Il ne me manquait plus que Sir Watkyn Bassett, Madeline Bassett, Roderick Spode et le chien Bartholomew arrivant bras dessus bras dessous, et j'aurais une quinte flush ! Mon respect pour l'intelligence de mon ange gardien atteignit un niveau jamais égalé. Un oiseau de mauvais augure, avec une disposition marquée pour les nouvelles désagréables qui vous donnaient la chair de poule, mais on ne pouvait pas dire qu'il ne connaissait pas son boulot.

— Amenez-le, grognai-je, et, au bout d'un instant, le révérend H.P. Pinker entra, les mains tendues en avant, trébucha et heurta une petite table, habitude invariable quand il se meut dans un lieu meublé.

CHA[...]

C'était quand même bizarre, quand on y pensait, qu'après avoir représenté quatre ans son université et six ans son pays sur les terrains de rugby, il continuât avec les Harlequins dès qu'il avait un samedi libre de tout sauvetage d'âme, et, rugbyant, il était aussi stable sur ses traces qu'un cerf, ou un daim, ou quels que soient ces animaux qui ne dévient jamais de leur piste. Je l'ai vu dans l'arène une fois ou deux, et j'ai été profondément impressionné par sa virtuosité. Le rugby est plus ou moins un livre scellé pour moi, mais je voyais quand même qu'il était bon. L'agilité avec laquelle il se mouvait de-ci de-là était singulièrement frappante, tout comme l'ardeur homicide avec laquelle il faisait ce qu'on appelle, je crois, des plaquages. Comme la police montée canadienne, il attrapait toujours son homme, et, quand il l'avait, l'air vibrait des cris excités des croque-morts, qui, dans le public, mettaient déjà le cadavre aux enchères. Il était fiancé à Stiffy Byng, et ses longues années de rugby étaient une excellente préparation pour se mettre en ménage avec elle. Je pense qu'un type qui s'est fait piétiner la figure samedi après samedi, depuis qu'il est sorti des jupes de sa nourrice, ne peut plus avoir peur de rien, pas même d'épouser une fille comme Stiffy qui, depuis sa plus tendre enfance, a rarement laissé le soleil se coucher sans avoir commencé une folle entreprise, capable de faire dresser les cheveux sur la tête de tout un chacun.

e nécessaire dans le révérend
nfant, je pense, il devait briser les
. En atteignant l'âge d'homme, il
pour le frère jumeau de Roderick Spode.
matière de muscle et de poids, veux-je
ndis que Roderick Spode cherchait toujours
à dévorer et était une menace constante pour
tons et la circulation, Putois, bien que sans doute
emi de l'espèce humaine sur les terrains de rugby,
quand, avec les Harlequins, il essayait de démembrer les
athlètes de l'équipe adverse, était dans la vie privée une
âme tendre avec laquelle on aurait pu laisser jouer un
enfant. D'ailleurs, j'ai vraiment vu un enfant jouer avec
lui, une fois.

Habituellement, quand on rencontrait cet homme de
Dieu, on le trouvait béat. Je crois que son joyeux sourire
est un site classé de Totleigh-in-the-Wold, comme il
l'était au Magdalen College d'Oxford, quand nous y
étions ensemble. Mais là, il me sembla noter dans son
aspect une certaine gravité, comme s'il venait de découvrir un schisme parmi ses ouailles, ou comme s'il avait
trouvé ses enfants de chœur en train de fumer en cachette
dans le cimetière. Il me donnait l'impression d'un
vicaire de cent trente kilos avec une idée derrière la tête.
Renversant une autre table, il s'assit et dit qu'il était heureux de me voir.

— Je pensais bien te rencontrer au *Drones*.
— Tu m'y as trouvé, l'assurai-je. Qu'est-ce qui t'amène dans la métropole ?
— Je suis venu pour une réunion du comité des Harlequins.
— Et ça s'est bien passé ?
— Très bien.
— J'en suis ravi. Je m'inquiétais énormément au sujet de ce comité des Harlequins. Alors, comment vas-tu, Putois ?
— Très bien.
— Es-tu libre pour dîner ?
— Désolé, je dois rentrer à Totleigh.

— Dommage. Jeeves m'a dit q⟨ue Made⟩line et Stiffy sont allés à Brinkley.
— Oui.
— Sont-ils rentrés ?
— Oui.
— Et comment va Stiffy ?
— Très bien.
— Et Bartholomew ?
— Très bien.
— Et tes paroissiens ? Ils grandissent, je suppose.
— Oui, ils vont très bien.

Je me demande si quelque chose vous frappe à propos de la tranche de dialogue que je viens de rapporter. Non ? Oh ! Sûrement ! Vous voyez, nous voilà, Putois Pinker et Bertie Wooster, amis virtuellement depuis notre sortie de l'œuf, et nous faisions la conversation comme deux étrangers dans un train. Lui, du moins. J'étais de plus en plus convaincu que sa poitrine était remplie de ces trucs dangereux qui vous pèsent sur le cœur, comme Jeeves me l'a dit une fois. Je persévérai dans mes efforts pour le décortiquer.

— Alors, Putois, quoi de neuf ? Est-ce que Pop Bassett t'a enfin donné cette cure ?

Cela l'ouvrit un peu. Son visage s'anima.

— Non, pas encore. Il ne semble pas capable de se décider. Un jour il dit oui, le lendemain il ne sait plus, il faut qu'il y réfléchisse.

Je fronçai le sourcil. Je désapprouvais ce jeu de bascule. Je voyais quelle détresse il causait à Putois, combien il l'inquiétait et le décourageait. Il ne pouvait pas épouser Stiffy avec le salaire d'un vicaire, alors il devait attendre que Pop Bassett se décidât à lui donner une cure dont il avait hérité. Personnellement, bien que je sois très friand de la jeune péronnelle, je courrais un bon kilomètre en escarpins étroits pour éviter cet hymen, mais je savais qu'il était, lui, tout à fait favorable aux liens du mariage.

— Il y a toujours quelque chose pour le faire changer d'idée. Je pensais que c'était décidé, juste avant qu'il

...kley, mais, malheureusement, je me suis ...n vase de grande valeur et je l'ai cassé. Je ...a n'a rien arrangé.

...ssai un soupir. C'est toujours extrêmement ...ant, comme dirait Jeeves, de voir quelqu'un avec ...ous avez usé vos fonds de culottes, si c'est bien ...xpression adéquate, ne pas réussir dans la vie comme ... le mériterait. Je suivais la carrière de Putois avec un grand intérêt, mais la façon dont les choses tournaient semblait indiquer qu'il n'y avait pas de carrière à suivre.

— Tu te déplaces vraiment d'une manière bien mystérieuse, Putois. Je crois que tu arriverais même à renverser quelque chose si tu traversais le désert de Gobi.

— Je ne suis jamais allé dans le désert de Gobi.

— N'y va pas, ça ne serait pas prudent. Je suppose que Stiffy est furieuse de toutes ces... quel est le mot ?... pas vaseline... vacillations, c'est ça. Elle s'énerve, je suppose, de ces vacillations de Bassett, elle lui en veut de laisser le « je n'ose pas » prendre le pas sur le « je devrais », comme le chat du vieil adage. Pas un des miens, un de Jeeves. Elle doit être remontée, hein ?

— Plutôt.

— On ne peut pas l'en blâmer. C'est assez pour mettre hors d'elle n'importe quelle fille, de s'interposer comme ça sur la route du grand amour.

— Oui.

— Il aurait besoin d'un bon coup de pied au derrière.

— Oui.

— Si j'étais Stiffy, je mettrais une grenouille dans son lit ou de la strychnine dans sa soupe.

— Oui. À propos de Stiffy, Bertie...

Il s'interrompit et je le considérai attentivement. Il n'y avait plus de doute, j'avais eu raison à propos de ces trucs dangereux, sa poitrine en était manifestement pleine.

— Il y a quelque chose qui t'ennuie, Putois.

— Non, rien. Pourquoi dis-tu ça ?

— Tes façons sont bizarres. On dirait un chien fidèle qui regarde son maître en face comme s'il essayait de lui dire quelque chose. Essaies-tu de me dire quelque chose ?

Il déglutit une fois ou deux, et son visage rougit, ce qui est vraiment difficile, car, même quand son âme est en repos, il a toujours l'air d'une betterave cléricale. C'était comme si ce col qu'il boutonne dans le dos l'étouffait. D'une voix rauque, il dit :

— Bertie.
— Hello.
— Bertie.
— Toujours là, mon vieux, suspendu à tes lèvres.
— Bertie, es-tu occupé en ce moment ?
— Pas plus que d'habitude.
— Tu pourrais partir un jour ou deux ?
— Je pense que je pourrais m'arranger.
— Alors, tu peux venir à Totleigh ?
— Chez toi, tu veux dire ?
— Non. À Totleigh Towers.

Je le regardai les yeux écarquillés, si c'est bien l'expression. Si je ne l'avais pas su parfaitement abstinent, ne s'autorisant que rarement une bière légère, et pas même durant le carême, j'aurais sauté à la conclusion qu'à côté de moi était assis un vicaire qui avait un coup dans l'aile. Mes sourcils se levèrent jusqu'à déranger ma coiffure.

— Habiter là-bas ? Putois, tu n'es pas toi-même, ou tu ne plaisanterais pas avec ça. Tu ne peux pas avoir oublié par quel enfer je suis passé la dernière fois que je suis allé à Totleigh Towers.

— Je sais, mais Stiffy veut que tu fasses quelque chose pour elle. Elle ne m'a pas dit ce que c'est, mais elle a dit que c'est très important et que tu dois être sur place pour le faire.

Je me redressai, froid et résolu.

— Tu es fou, Putois !
— Je ne vois pas pourquoi tu dis ça.
— Alors, laisse-moi t'expliquer pourquoi tout ce plan va tomber à l'eau. D'abord, est-il probable qu'après ce qui s'est passé entre nous, Sir Watkyn Bassett veuille

encore inviter chez lui quelqu'un qui lui fait l'effet d'un torticolis, un torticolis qui bat à plate couture tous les torticolis ? Si, entre tous les hommes, il en est un qui souhaite me voir prendre la route du haut pendant qu'il prend celle du bas, c'est bien ce même Bassett ! Son idée d'une bonne journée, c'est celle qu'il passe à plus de cent kilomètres de Bertram !

— Madeline peut t'inviter, si tu lui envoies un message pour lui dire que tu veux venir un jour ou deux. Elle ne consulte jamais Sir Watkyn à propos des invités, c'est chose admise chez eux qu'elle peut accueillir qui elle veut.

C'était vrai, je le savais, mais j'ignorai la suggestion et continuai sans remords.

— Ensuite, je connais Stiffy. Une fille charmante. Comme je le disais à Emerald Stoker, je suis toujours prêt à la serrer sur mon cœur, enfin, j'y serais prêt si ce n'était pas ta fiancée. Mais c'est un croisement entre une bombe à retardement et un poltergeist. Elle manque de ce jugement équilibré que j'aime voir chez une fille. Elle a des idées que tu m'excuseras de qualifier de bizarres. Je n'ai pas besoin de te rappeler que, la dernière fois que je suis allé à Totleigh Towers, elle t'a obligé à faucher le casque du constable Eustace Oates, acte qu'un vicaire devrait éviter de commettre, s'il veut s'élever un jour dans la hiérarchie ecclésiastique. En bref, elle est aussi fofolle que peut l'être une cervelle sous une indéfrisable ! Nous ne savons pas quel plan elle a à l'esprit, mais, d'après mon expérience, ça doit être quelque chose de complètement impropre à la consommation humaine. T'a-t-elle donné la moindre idée de sa nature ?

— Non. Je lui ai demandé, bien sûr, mais elle a dit qu'elle gardait les explications pour quand elle te verrait.

— Elle ne me verra pas.

— Tu ne veux pas aller à Totleigh ?

— Pas à moins de cinquante kilomètres de cette bouche d'égout.

— Elle va être terriblement déçue.

— Tu lui administreras des consolations spirituelles.

C'est ton boulot. Dis-lui que de telles choses nous sont envoyées pour nous éprouver.

— Elle va sans doute pleurer.

— Rien de meilleur pour le système nerveux. Et ça fait aussi quelque chose que j'ai oublié pour les glandes. Demande à tous les praticiens de Harley Street.

Je suppose qu'il vit à mon front d'airain qu'il ne pourrait pas me faire changer d'avis, car il n'insista pas. Avec un soupir qui semblait venir de la plante de ses pieds, il se leva, dit au revoir, renversa mon verre et s'en alla.

Vous qui savez combien Bertram souffre quand il doit laisser tomber un ami dans le besoin, vous croyez peut-être que cette scène affligeante m'avait secoué, mais, en fait, elle m'avait remonté comme une journée au bord de la mer.

Résumons la situation. Depuis le petit déjeuner, mon ange gardien m'avait terrorisé en m'expliquant, de toutes les façons possibles, que Totleigh Towers s'apprêtait à revenir dans ma vie. Je savais maintenant qu'il voulait parler de la supplique que je venais d'entendre. Il pensait sans doute que, dans un moment de faiblesse, je pourrais me laisser convaincre contre toute raison. Mais, à présent, le péril était passé. Totleigh Towers avait tiré et m'avait manqué ! Je n'avais plus à m'en inquiéter. C'est donc d'un cœur léger que je me joignis au groupe des chercheurs de plaisir qui jouaient aux fléchettes, les battant à plate couture grâce à mon talent naturel.

Trois heures approchaient quand je quittai le club pour rentrer au bercail et il pouvait être la demie quand j'arrivai à l'immeuble qui abrite mon appartement, devant lequel stationnait un taxi chargé de bagages. Gussie Fink-Nottle passait la tête à sa portière et je me souviens d'avoir pensé de nouveau à quel point Emerald Stoker se trompait quant à son apparence physique. À le voir immobile, sinon en entier, je ne détectais dans son aspect aucune trace d'agneau, mais il avait tellement l'air d'un flétan que, s'il n'avait pas porté des lunettes d'écaille, chose assez inhabituelle chez les flétans, j'aurais pu croire que je contemplais une chose sortie tout droit de l'épuisette d'un pêcheur.

Je lui adressai un salut amical et il tourna ses lunettes dans ma direction.

— Hello, Bertie ! dit-il. Je venais te voir, j'ai laissé un message à Jeeves. Ta tante m'a chargé de te dire qu'elle vient à Londres après-demain et qu'elle veut que tu lui offres à déjeuner.

— Oui. Elle m'a téléphoné ce matin. Je pense qu'elle a cru que j'oublierais si tu ne me le rappelais pas. Viens donc prendre un jus d'orange, dis-je, car c'est à cette boisson qu'il s'en tient quand il fait la bombe.

Il regarda sa montre, les yeux pleins du désir qui le prend toujours quand il est question de jus d'orange.

— J'aimerais, mais je ne peux pas ; soupira-t-il. Je ne veux pas rater mon train. Je prends le quatre heures à Paddington.

— Vraiment ? Alors, tu y trouveras une de tes amies, Emerald Stoker.

— Stoker ? Stoker ? Emerald Stoker ?

— Une fille pleine de taches de rousseur, une Américaine. On dirait un pékinois pure race. Elle m'a dit qu'elle t'avait rencontré dans une soirée l'autre jour et que vous aviez parlé de têtards.

Son visage s'éclaira.

— Bien sûr ! Je m'en souviens, maintenant. Je ne lui avais pas demandé son nom. Oui, nous avons parlé de têtards. Elle en élevait quand elle était enfant. Une fille charmante. Je serai heureux de la revoir. Je n'ai jamais rencontré une fille plus attirante.

— Sauf Madeline, bien sûr.

Son visage s'assombrit. Il eut l'air d'un flétan qui vient de subir une remarque désobligeante de la part d'un autre flétan.

— Madeline ! Ne me parle pas de Madeline ! Madeline me rend malade ! siffla-t-il. Paddington ! cria-t-il à l'adresse du chauffeur.

Et le voilà parti comme le vent, me laissant décoiffé et déconcerté.

CHAPITRE IV

Je vais vous dire pourquoi j'étais déconcerté. La description que j'en avais faite à Emerald Stoker doit vous avoir montré à quel point je suis allergique à Madeline Bassett. Elle me faisait presque autant l'effet d'un torticolis que j'en étais un pour son père ou pour Roderick Spode. Néanmoins, j'étais en grand danger de l'épouser pour le meilleur et pour le pire, comme on dit dans la liturgie.

Relatons rapidement les faits. Gussie, toqué de la Bassett, aurait aimé qu'elle le fût également de lui, mais, chaque fois qu'il essayait de la séduire, ses nerfs le trahissaient et il se mettait à baragouiner à propos de têtards. Ne sachant plus à quel saint se vouer, il eut l'idée de me demander de plaider sa cause, mais, lorsque je la plaidai, la donzelle, bouchée comme à l'habitude, pensa que je plaidais pour moi. Elle répondit qu'elle était désolée de me faire souffrir, mais que son cœur appartenait à Gussie. Ce qui eût été parfait, si elle n'avait ajouté que, si quelque chose l'amenait à réviser sa conviction qu'il était roi parmi les hommes et qu'elle fût obligée de le quitter, je serais le suivant sur la liste, qu'elle savait bien qu'elle ne pourrait jamais m'aimer avec la même ferveur qu'elle vouait à Gussie, mais qu'elle ferait de son mieux pour me rendre heureux. J'étais, en bref, comme le vice-président des États-Unis qui, tandis qu'il sait que tout va bien jusqu'ici, sent bien qu'il y aura droit, pour peu qu'il arrive quelque chose à l'homme qui est devant lui.

Pas étonnant, donc, que l'affirmation de Gussie disant que Madeline le rendait malade m'ait assommé comme une tonne de briques et m'ait fait me précipiter à l'intérieur en appelant Jeeves avant que vous n'ayez eu le temps de dire « quoi ? ». Comme si souvent, je sentais que mon seul recours était de me placer entre les mains de ce pouvoir supérieur.

— Monsieur ? dit-il quand il se manifesta.

— Une chose horrible vient d'arriver, Jeeves. Le désastre nous pend au nez.

— Vraiment, Monsieur ? Je suis désolé de l'apprendre.

Il y a une chose qu'il faut reconnaître à Jeeves. Il laisse les morts enterrer les morts. Lui et le jeune maître peuvent avoir eu des désaccords sur des chapeaux tyroliens avec des plumes roses, mais, quand il voit revenir le jeune maître poursuivi par les flèches d'une fortune désastreuse, il oublie sa rancune et retrouve son meilleur esprit féodal. Maintenant, par exemple, au lieu d'être froid et distant, comme l'eût été un homme de moindre grandeur, il montrait la plus extrême inquiétude. C'est-à-dire qu'il permit à un sourcil de s'élever peut-être de cinq millimètres, ce qui est ce qu'il fait de mieux en matière d'expression de son émotion.

— Et quelle paraît être la cause de cet ennui, Monsieur ?

Je m'effondrai sur une chaise et me tamponnai l'os frontal. Je n'avais pas été dans un tel état depuis bien longtemps.

— Je viens de voir Gussie Fink-Nottle.

— Oui, Monsieur, Mr. Fink-Nottle était ici il y a peu.

— Je l'ai rencontré à la porte. Il était dans un taxi. Et vous savez quoi ?

— Non, Monsieur.

— J'ai mentionné le nom de Madeline Bassett et il a dit, écoutez soigneusement, Jeeves, il a dit, je cite : « Ne me parle pas de Madeline. Madeline me rend malade. » Fermez les guillemets.

— Vraiment, Monsieur ?
— Ce ne sont pas les paroles de l'amour.
— Non, Monsieur.
— Ce sont les paroles d'un homme qui, pour une raison encore ignorée, en a jusque-là de l'objet adoré. Je n'ai pas eu le temps d'approfondir la question parce qu'un instant plus tard il s'était enfui comme un chat échaudé vers Paddington. Mais il est évident qu'il y a eu une fissure dans le je-ne-sais-plus-quoi... ça commence par un *l*.

— Est-ce que luth serait le mot que cherche Monsieur ?
— Peut-être. Mais je n'en mettrais pas ma main au feu.
— Le poète Tennyson parle d'une petite fissure dans le luth, par laquelle la musique s'éteint et le silence s'installe.
— Alors c'est bien luth. Et nous savons tous deux ce qui va arriver si ce luth particulier devient muet.

Nous échangeâmes des regards significatifs. Du moins, je lui lançai un regard significatif et il me considéra comme une grenouille attardée, ce qui est son habitude quand il se veut discret. Il sait ce qu'il en est en ce qui concerne Madeline Bassett, mais naturellement nous n'en parlons jamais que par regard significatif — grenouille attardée interposée. On ne peut pas parler d'une telle chose, vous voyez. Je ne sais pas si vous êtes capable de parler légèrement d'une femme, mais ce ne serait pas correct, et les Wooster sont passés maîtres en matière de correction. Et, en fait, les Jeeves aussi.

— Que pensez-vous que nous puissions faire ?
— Monsieur ?
— Ne restez pas là à dire « Monsieur ? ». Vous connaissez la situation aussi bien que moi. Il faut que tous les hommes de cœur accourent pour sauver le parti. Il est essentiel que les fiançailles de Gussie ne tombent pas à l'eau. Des mesures doivent être prises.

— Cela semble certainement raisonnable, Monsieur.

— Mais quelles mesures ? Je pourrais, bien sûr, me jeter au cœur de la bataille pour essayer de ramener la paix, obtenir une trêve, en un mot. La vue d'un homme du monde calme et déterminé pourrait rapprocher ces jeunes gens, si vous voyez ce que je veux dire.

— Je vous suis parfaitement, Monsieur. Votre rôle serait ce que les Français appellent le *raisonneur**.

— Vous avez sans doute raison. Mais figurez-vous que, part le fait que la seule pensée de me retrouver sous le toit de Totleigh Towers me gèle le gésier, il y a un autre hic. J'ai vu Putois Pinker tout à l'heure, et il m'a dit que Stiffy Byng veut que je fasse quelque chose pour elle. Vous savez le genre de choses que Stiffy demande généralement aux gens. Vous vous rappelez l'épisode du casque du constable Oates ?

— D'une manière très vivante, Monsieur.

— Oates avait encouru son déplaisir en racontant à son oncle Watkyn que son chien Bartholomew l'avait fait tomber de sa bicyclette dans un fossé, lui causant des bleus et des contusions. Elle a persuadé Harold Pinker, un homme des saints ordres, qui boutonne son col par-derrière, de voler son casque pour elle. Et c'était plutôt modéré pour Stiffy. Il n'y a pas de limite, littéralement aucune limite, à ce qu'elle est capable d'inventer quand elle s'y met vraiment. L'imagination rechigne à la pensée de ce qu'elle est en train de me mijoter.

— Vous avez certainement des excuses à ressentir quelque appréhension, Monsieur.

— Alors, voilà. Je suis confronté à un... À quoi diable est-on confronté, Jeeves ?

— À un dilemme, Monsieur.

— C'est ça. Je suis confronté à un dilemme. Dois-je, me demandé-je, aller voir ce que je peux accomplir en vue de réparer le luth, ou dois-je être plus prudent et laisser la nature suivre son cours, en espérant que le Temps, ce grand réparateur, arrangera les choses ?

— Puis-je faire une suggestion, Monsieur ?

— Allez-y, Jeeves.

— Ne pourriez-vous aller à Totleigh Towers et décliner les propositions de Miss Byng ?

Je soupesai l'idée. Elle valait une pesée.

— Un *nolle prosequi*[1], vous voulez dire ? L'envoyer paître ?

— Exactement, Monsieur.

Je le considérai avec respect.

— Jeeves, dis-je, comme toujours, vous avez trouvé le bon moyen. Je vais télégraphier à Miss Bassett pour lui demander si je peux venir. Et je vais télégraphier à Tante Dahlia pour lui annoncer que je ne peux pas la recevoir à déjeuner parce que je quitte la ville. Et je dirai à Stiffy que, quelle que soit l'idée qu'elle a à l'esprit, elle ne trouvera aucune coopération de ma part. Oui, Jeeves, vous avez du génie. J'irai à Totleigh, bien que cette perspective me donne la chair de poule. Pop Bassett y sera. Spode y sera. Stiffy y sera. Le chien Bartholomew y sera. On se demande vraiment pourquoi on a fait tant d'histoires à propos des petites natures qui ont traversé la Vallée de la Mort. Ils n'allaient pas retrouver Pop Bassett à l'arrivée. Allons, espérons que tout ira bien.

— C'est la seule voie à suivre, Monsieur.

— Gardons le sourire, hein, Jeeves ?

— Indubitablement, Monsieur. C'est, si vous me permettez, l'état d'esprit adéquat.

Comme Putois l'avait prévu, Madeline Bassett ne mit pas d'obstacle à ma venue à Totleigh Towers. En réponse à mon auto-invitation, elle me donna le feu vert. Une heure après son télégramme, je reçus un coup de téléphone de Tante Dahlia, qui appelait de Brinkley, anxieuse de savoir pourquoi diable elle venait de recevoir un câble lui apprenant que, à cause de mon absence de la capitale, je serais dans l'incapacité de lui offrir ce déjeuner sur lequel elle comptait.

Son appel ne me surprit pas. Je me doutais qu'il y aurait quelque acrimonie sur le front Brinkley. Ma

---

[1]. Expression latine signifiant « Je ne poursuivrai plus ». (*N.d.T.*)

vieille parente est une personne bienveillante, qui aime tendrement Bertram, mais c'est aussi une femme à l'esprit impérieux. Elle déteste que ses projets soient contrariés. Et sa voix vint me harceler comme les hurlements d'une meute.

— Bertie, jeune imbécile, honte de la famille !
— Je suis là.
— J'ai eu ton télégramme.
— Je le pensais bien. La poste est très efficace.
— Qu'est-ce que ça veut dire, tu quittes la ville ? Tu ne la quittes jamais sauf pour venir ici te gorger de la cuisine d'Anatole.

Elle faisait allusion à son cordon-bleu français, au simple nom duquel on commence automatiquement à saliver. Le cadeau de Dieu aux sucs gastriques, comme je l'appelle parfois.

— Où vas-tu ?

Je cessai de saliver pour lui dire que j'allais à Totleigh Towers et elle émit un ricanement sarcastique.

— Quelque chose ne va pas dans ce fichu téléphone, j'ai cru t'entendre dire que tu allais à Totleigh Towers.
— C'est ça.
— *Totleigh Towers ?*
— Je pars cet après-midi.
— Qu'est-ce qui a bien pu leur donner l'idée de t'inviter ?
— Ils n'en ont rien fait. Je me suis invité tout seul.
— Tu veux dire que tu recherches délibérément la société de Sir Watkyn Bassett ? Tu es encore plus stupide que je ne croyais. Et je te parle comme une femme qui vient d'avoir ce vieux pirate sur le dos pendant plus d'une semaine.

Je compris son étonnement et me hâtai d'expliquer.

— J'admets que Pop Bassett dépasse un peu les bornes, et que, sauf si on y est obligé par les circonstances, il vaut mieux ne pas le fréquenter. Mais une crise aiguë a précipité ma décision. Rien ne va plus entre Gussie Fink-Nottle et Madeline Bassett. Leurs fiançailles tombent à l'eau, et vous savez ce que ces fiançailles représentent pour moi. Alors je vais là-bas pour essayer de colmater la fissure.

— Qu'est-ce que tu y peux ?

— Mon rôle, comme je le vois, sera ce que les Français appellent un *raisonneur**.

— Qu'est-ce que ça veut dire ?

— Ah ! là, vous m'avez eu, mais c'est ce qu'a dit Jeeves, donc il en sera ainsi.

— Tu emmènes Jeeves avec toi ?

— Bien sûr. Puis-je faire quelque chose sans lui ?

— Bon. Prends garde, c'est tout ce que je peux te dire. Je crois savoir que Bassett lui a fait des ouvertures.

— Que voulez-vous dire ? Des ouvertures ?

— Il essaie de te le voler.

Je chancelai, et serais tombé si je n'avais été assis.

— Incrédule !

— Si tu veux dire incroyable, tu te trompes. Je t'ai dit qu'il était tombé sous le charme de Jeeves quand il était ici. Il le suivait des yeux pendant son service, comme un chat guettant une souris, dirait Anatole. Un matin, je l'ai même entendu lui faire une proposition ferme. Qu'est-ce qu'il t'arrive ? Tu es évanoui ?

Je lui expliquai que mon silence momentané était dû à l'ébahissement où ses paroles m'avaient plongé. Elle répondit qu'elle ne voyait pas, connaissant Bassett, ce qui pouvait m'étonner.

— Tu ne peux pas avoir oublié qu'il a essayé de me voler Anatole. Il n'y a rien dont cet homme ne soit capable. Il n'a aucune conscience. Quand tu seras à Totleigh, cherche un nommé Plank et demande-lui ce qu'il pense de Sir Watkyn rougeaud Bassett. Il a mis ce pauvre diable de Plank dans un... Oh zut ! dit ma vieille parente quand une voix entonna « Trrrois minutes », et elle raccrocha, m'ayant donné la chair de poule, exactement comme si elle avait été mon ange gardien, qui m'avait largement prouvé ses capacités dans ce domaine.

CHAPITRE V

Je chair-de-poulais toujours avec le même dégoût en conduisant mon coupé sport sur la route de Totleigh-in-the-Wold cet après-midi-là. J'étais convaincu, bien sûr, que Jeeves n'aurait jamais songé à briser ses relations avec la vieille maison, et que si Bassett lui avait fait des propositions, il avait fermé ses oreilles comme une vipère sourde, ce qui, comme vous le savez probablement, est la meilleure façon de refuser de céder aux charmeurs. Mais vous pouvez être convaincu d'une chose et, pourtant, être plutôt nerveux quand on essaie de vous en faire douter. Je n'étais donc pas d'humeur tranquille quand je fis passer mon coursier arabe entre les piliers de Totleigh Towers et m'avançai vers la maison.

Je ne sais pas si vous connaissez cet hymne, qui dit à peu près :

> *Tum tumty tumty tumtelle*
> *Tum tidly om pom pil,*
> *Où toutes les vues sont belles,*
> *Mais l'homme seulement est vil.*

Enfin, quelque chose dans ce genre-là, mais cette description collait à Totleigh Towers comme le papier sur le mur. Sa façade, son parc verdoyant, son allée sinueuse, ses pelouses tondues à ras, tout était superbe. Mais quelle importance quand vous saviez ce qui vous attendait à l'intérieur ? Il ne sert à rien d'avoir un plaisant décor, si la bande qu'on y rencontre vous le fait oublier aussitôt.

La tanière du vieux Bassett était une de ces demeures féeriques typiquement anglaises. Pas un de ces châteaux avec trois cent soixante-cinq chambres, cinquante-deux escaliers et douze cours, dont on lit les descriptions dans les guides, mais pas non plus un bungalow. Il l'avait achetée toute meublée à un lord quelque chose qui avait besoin d'argent liquide comme tant d'autres de nos jours.

Pas Pop Bassett, en tout cas. Au soir de sa vie, il en avait plus que suffisamment. Ce ne serait pas aller trop loin, en vérité, que de le décrire comme un crésus. Pendant une grande partie de sa vie d'adulte, il avait été magistrat de la police métropolitaine, c'est ainsi d'ailleurs qu'il m'avait condamné à une amende de cinq livres pour une légère peccadille le soir de la régate Oxford-Cambridge, alors qu'une simple réprimande eût été plus que suffisante. Peu après, l'un de ses parents mourut en lui laissant une grosse fortune. C'est, du moins, l'histoire officielle. La réalité est autre, bien sûr. Durant ses années de magistrature, il avait empoché les amendes, les amassant par sacs entiers. Cinq livres parci, cinq livres par-là, ça finit par chiffrer.

Nous avions fait fissa sur la route, et il n'était pas plus de quatre heures quarante quand je sonnai à la porte d'entrée. Jeeves emmena la voiture vers les écuries, et le majordome, Butterfield — je me rappelai son nom —, me conduisit au salon.

— Mr. Wooster, annonça-t-il en m'abandonnant là.

Je ne fus pas surpris de trouver le thé servi, car j'avais entendu des bruits de porcelaine. Madeline Bassett était aux commandes et elle me tendit la main.

— Bertie, quelle joie de te voir !

J'imagine très bien que le spectateur extérieur, à qui je confierais ma nausée à l'idée d'épouser Madeline Bassett, hausserait des sourcils incompréhensifs, car elle valait indéniablement le coup d'œil, fine, svelte et équipée à profusion de cheveux dorés et de tout le nécessaire.

Mais l'observateur extérieur aurait dû mieux regarder, pour remarquer son air stupide, cet air d'être toujours sur le point de parler comme un bébé. C'était le genre d'épouse à poser ses mains sur les yeux de son mari, pendant le petit déjeuner, en disant : « Devine qui c'est ! »

J'ai jadis résidé chez un copain qui venait de se marier, et sa femme avait fait graver en grandes lettres sur la cheminée, là où on ne pouvait pas la manquer, la légende : « Deux amoureux ont bâti ce nid », et je me souviens encore du regard d'angoisse dans les yeux de l'autre moitié du ménage chaque fois qu'il entrait et voyait ça. Madeline Bassett, en accédant à l'état marital, se livrerait-elle à de pareilles extrémités ? Nul ne pouvait le dire, mais ça semblait hautement probable. J'étais donc résolu à la réconcilier avec Gussie, et à consacrer à cette tâche tout ce dont j'étais capable.

— Tu connais Mr. Pinker, dit-elle, et je m'aperçus que Putois était présent.

Il était en sécurité sur une chaise et ne semblait pas avoir renversé de meuble jusqu'ici, pour autant que je puisse le voir, mais il donnait l'impression de prendre son élan pour frapper très bientôt. Une petite table portant des gâteaux et des sandwiches au concombre semblait l'attirer comme un aimant.

En me voyant, il sursauta visiblement, laissant tomber son assiette et son demi-muffin. Ses yeux s'étaient élargis. Je savais ce qu'il pensait, bien sûr. Il supposait que ma présence était due à l'appel de mon bon cœur, il murmurait sûrement tout bas : « Réjouis-toi avec moi, car j'ai retrouvé la brebis que j'avais perdue. » Mon esprit s'endeuilla un peu pour ce pauvre type, sachant que j'allais lui porter un coup bas quand je lui dirais que rien ne pourrait m'induire à entreprendre aucun des projets stupides que Stiffy me réservait. J'étais résolu à rester ferme sur ce point, quelles que pussent être les agonies spirituelles qu'il et elle en souffriraient. J'avais appris depuis longtemps que le secret d'une vie heureuse et réussie était de se tenir aussi loin que possible de toutes les idées inventées par des péronnelles de cette espèce.

La conversation qui suivit fut ce qu'on pourrait appeler... j'ai oublié le mot, mais il commence par un *d*. Vous pensez bien qu'avec Putois à portée d'oreille je ne pouvais pas m'expliquer avec Madeline, alors nous avons juste papoté. Décousue, voilà le mot que je cherchais. Nous avons papoté de manière décousue. Putois dit qu'il était venu parler de la fête de l'école. Je dis : « Oh ! il va y avoir une fête à l'école ? » et Madeline dit que c'était pour le surlendemain et que, en raison de la maladie du curé, Pinker en avait la charge, alors Putois frémit un brin comme s'il n'en aimait pas l'idée.

Madeline me demanda si j'avais fait bon voyage, je répondis : « Splendide. » Putois annonça que Stiffy serait contente que j'aie pu venir et je souris de mon plus subtil sourire. Et puis, Butterfield entra en disant que Sir Watkyn allait recevoir Mr. Pinker maintenant et Putois se tira.

Dès que la porte se fut refermée sur le vicaire et le majordome, Madeline joignit les mains, me dédia un de ses regards humides, et dit :

— Oh, Bertie, tu n'aurais pas dû venir. Je n'ai pas eu le cœur de refuser ta requête pathétique, je sais combien tu te languis de moi désespérément, mais était-ce sage ? N'est-ce pas simplement retourner le couteau dans la plaie ? Tu sais que nous ne pourrons jamais être davantage que de bons amis. C'est inutile, Bertie. Tu ne dois pas garder d'espoir. J'aime Augustus.

Ces mots, vous l'imaginez bien, furent une douce musique à mon oreille. Elle ne les aurait pas prononcés s'il y avait eu quelque chose de grave entre elle et Gussie. Manifestement, la fissure n'était que de son côté à lui, ce n'était sans doute qu'un (comment dit-on ?) machin passager, elle lui avait peut-être dit qu'il fumait trop ou quelque chose de ce genre. Quelle que soit la raison qui avait fissuré le luth, elle était maintenant tout à fait oubliée, et je me disais que j'allais pouvoir repartir le lendemain après le petit déjeuner, quand je m'aperçus que ses yeux étaient cernés et son regard douloureux.

— J'ai de la peine quand je pense à ton amour sans

espoir, Bertie, dit-elle, ajoutant quelque chose que je ne compris pas sur les papillons de nuit et les étoiles. La vie est si tragique, si cruelle. Mais que puis-je y faire ?

— Rien du tout, dis-je fermement. Continue sans t'en occuper.

— Mais ça me brise le cœur.

Et sur ces mots, elle éclata en ce qu'on appelle des sanglots incontrôlables. Elle s'effondra sur sa chaise, se couvrit le visage de ses mains et il me sembla poli de lui tapoter la tête. J'obéis à cette pensée civile, mais je m'aperçus que c'était une erreur.

Je me souviens qu'un camarade du *Drones*, Monty Bodkin, avait un jour tapoté la tête d'une femme en pleurs, sans savoir que son fiancé se tenait juste derrière et ne perdait pas une miette du tapotage. Il m'a dit que l'ennui, quand vous tapotez, si vous n'êtes pas un tapoteur très prudent, c'est que vous en arrivez à oublier de retirer la main. Alors vous la laissez là, posée sur la cafetière du sujet, et cela peut amener les spectateurs à se faire des idées fausses.

Monty était tombé dans cette erreur et j'y tombai aussi. Et les idées fausses furent le fait de Spode, qui entrait, par hasard, à ce moment. Voyant l'agneau baigné de larmes, il frémit de la poupe à la proue.

— Madeline ! hurla-t-il. Que se passe-t-il ?

— Ce n'est rien, Roderick, rien du tout, répondit-elle entre deux sanglots.

Elle sortit, sans doute pour se baigner les yeux. Alors Spode virevolta et se tourna vers moi, me jetant un regard pénétrant. Je le trouvai grandi, depuis la dernière fois que je l'avais vu. Il mesurait bien trois mètres dix, maintenant. En le décrivant à Emerald Stoker, je l'avais, vous vous en souvenez, comparé à un gorille, j'avais alors pensé à un gorille de taille normale, pas au paquet super économique ! Maintenant, il ressemblait à King Kong. Ses poings serrés, ses yeux étincelants auraient convaincu l'observateur le plus obtus qu'il n'était pas d'une humeur douce à l'égard de Bertram.

CHAPITRE VI

Pour détendre l'atmosphère, je lui proposai un sandwich au concombre, mais un geste agacé m'indiqua qu'il n'était pas amateur de sandwiches au concombre. Pourtant, j'aurais pu lui dire que je les avais trouvés excellents et qu'il passait à côté d'une chose très agréable.

— Un muffin, alors ?

Non. Pas de muffin non plus. Il devait être au régime.

— Wooster, dit-il, remuant excessivement les muscles de ses mâchoires, je me demande si je dois ou non vous casser le cou.

J'aurais bien répondu « non », mais il ne m'en laissa pas le temps.

— J'ai été sidéré quand j'ai appris que vous aviez le front de vous inviter ici. Vos motifs ne sont que trop clairs. Vous venez essayer de la détourner de l'homme qu'elle aime en semant le doute dans son esprit. Comme un serpent, ajouta-t-il, et je fus curieux de savoir comment les serpents faisaient ça. Vous manquez de la plus élémentaire décence. Elle a fait son choix. Vous devez l'accepter et vous effacer. N'espérez plus la prendre à Fink-Nottle.

Sentant qu'il fallait que je dise quelque chose, je commençai : « Je... », mais il me fit taire d'un autre geste agacé. Je n'arrivais pas à me souvenir d'avoir jamais vu quelqu'un aussi résolu à monopoliser la conversation.

— Bien sûr, vous allez me dire que votre amour est le

plus fort et que vous ne pouvez pas résister au besoin de le lui déclarer et de la supplier. Absolument insensé ! Faiblesse honteuse ! Laissez-moi vous dire, Wooster, que j'aime cette fille depuis des années, mais que jamais, ni par un mot, ni par un regard, je ne lui ai laissé voir mon amour. Ses fiançailles avec Fink-Nottle ont été un grand choc pour moi, mais j'ai accepté la situation car j'ai pensé qu'il y allait de son bonheur. Quoique désespéré, j'ai gardé...

— Le sourire ?

— ... mes sentiments pour moi. Je suis resté...

— Comme une statue de la patience.

— ... ferme, ne disant rien qui pût lui donner des soupçons sur ce que je ressentais. Tout ce qui m'importait était son bonheur. Si vous voulez savoir si je pense que Fink-Nottle est le mari qui lui convient, je vous dirai franchement que non. Il me semble posséder toutes les qualités qui font un vrai purgatif, et je crois que mon opinion est partagée par son père. Mais c'est lui qu'elle a choisi et je respecte son choix. Je ne me glisse pas derrière le dos de Fink-Nottle pour essayer de lui porter préjudice.

— Très honorable.

— Qu'est-ce que vous dites ?

Je lui dis que j'avais dit que c'était tout à son honneur. Que je pensais que c'était très bien de sa part.

— Bon, je vous conseille de suivre mon exemple. Et laissez-moi vous dire que je vais vous surveiller de près, Wooster, et j'espère ne plus jamais vous voir lui tapoter la tête comme vous le faisiez quand je suis entré. Sinon, je...

Il ne révéla pas ce qu'il se proposait de me faire, bien que j'en aie eu une petite idée, car Madeline revint à ce moment. Ses yeux étaient rouges et son aspect faisait penser à quelque esprit errant dans une cave lugubre.

— Je vais te montrer ta chambre, Bertie, dit-elle d'une voix triste.

Spode me jeta un regard de menace.

— Soyez prudent, Wooster, très prudent, dit-il en sortant.

Madeline sembla surprise.

— Pourquoi Roderick te demande-t-il d'être prudent ?

— Nous ne le saurons jamais. Il a peut-être peur que je glisse sur le parquet.

— On aurait dit qu'il était en colère contre toi. Vous vous êtes disputés ?

— Grand Dieu ! Non. Nous avons conversé dans une atmosphère de grande cordialité.

— Je pensais que ça pourrait l'ennuyer de te voir ici.

— Au contraire. Rien ne saurait dépasser la chaleur de son accueil.

— J'en suis heureuse. Je serais peinée si vous... Oh, voilà papa.

Nous avions atteint le couloir du premier étage, et Sir Watkyn Bassett émergeait de sa chambre en fredonnant un air léger. Qui mourut sur ses lèvres à ma vue. Il resta là, à me regarder, consterné. Il me fit penser à ces types qui s'amusent à passer la nuit dans des maisons hantées et qu'on trouve, au matin, morts avec une expression d'horreur sur le visage.

— Papa, dit Madeline, j'ai oublié de te dire que Bertie vient passer quelques jours avec nous.

Pop Bassett déglutit avec difficulté.

— Quand tu dis quelques jours...

— Au moins une semaine, j'espère.

— Bon Dieu !

— Peut-être plus longtemps.

— Dieu du ciel !

— Le thé est servi au salon, papa.

— J'ai besoin de quelque chose de plus fort que du thé, dit Pop Bassett d'une voix rauque.

Et il s'éloigna. Un homme brisé. La vue de sa tête disparaissant vers les régions inférieures me rappela un poème que j'avais lu étant enfant. J'en ai presque tout oublié, mais il relatait une tempête en mer, et la dernière ligne était : « Nous sommes perdus, dit le capitaine en dévalant l'escalier. »

— Papa semble contrarié par quelque chose, dit Madeline.
— Il donne cette impression, en effet.

Je parlais d'un air austère, car l'attitude de cette vieille boursouflure m'avait offensé. J'aurais pu lui trouver des excuses, car un homme aux habitudes régulières n'aime pas trouver Wooster dans ses environs, mais je pensais qu'il aurait pu faire plus d'efforts pour supporter l'adversité. « Pensez aux Indiens, Bassett », lui aurais-je dit si nous avions été en meilleurs termes, en lui expliquant qu'ils n'étaient jamais plus optimistes que quand ils étaient cuits des deux côtés sur un gril.

Cette pénible rencontre, suivant de si près ma conversation, si on peut appeler ça une conversation, avec Spode, aurait pu me déprimer, mais ce n'était pas le cas. J'étais si joyeux d'apprendre que tout allait bien entre M. Bassett et G. Fink-Nottle que j'y prêtai peu d'attention. Il n'est jamais agréable, bien sûr, d'habiter une maison dont l'hôte frémit jusqu'au tréfonds de son âme à votre seule vue et se croit obligé de recourir à la bouteille pour supporter votre présence, mais les Wooster savent prendre les rebuffades avec le sourire. Le boum du gong du dîner me trouva donc d'excellente humeur. C'est plein d'allant que je redressai ma cravate et descendis vers l'auge.

Le dîner est généralement le repas où Bertram est à son top, c'est certainement le repas que je préfère. Beaucoup de mes plus heureux moments se sont passés en compagnie d'une soupe, d'un faisan, d'un poisson ou autre chose, d'un soufflé, des fruits de saison et d'une goutte de porto pour finir. Ils me font donner le meilleur de moi-même. « Wooster, disent souvent ceux qui me connaissent, peut être complètement nul dans la journée, mais plongez le monde dans les ténèbres, avec juste quelques lumières tamisées, débouchez le champagne et faites-le dîner, et vous pourriez être surpris. »

Mais pour que je pétille et charme la compagnie, il y a une condition : que la compagnie soit sympathique. Et j'avais rarement rencontré compagnie moins sympathique que celle de ce soir-là. Sir Watkyn Bassett, qui ne s'était pas encore remis de m'avoir trouvé dans les environs, était très loin du joyeux seigneur qui fait les honneurs de son logis. À part les regards qu'il me jetait par-dessus son verre, clignant des yeux comme s'il ne pouvait toujours pas croire que je fusse vraiment là, avant de se détourner rapidement, il contribuait peu ou pas du tout à ce que j'ai entendu Jeeves appeler la fête de la raison et le flot de l'esprit. Ajoutez Spode, fort et silencieux, Madeline, aux yeux endeuillés, Putois, à l'air affligé, et Stiffy, qui semblait un brin rêveuse, et vous obtiendrez une veillée mortuaire des plus réussies.

Sombre, c'est le mot que je cherchais. L'atmosphère était sombre. Nous aurions pu jouer une scène dans une de ces pièces russes où ma tante Agatha m'oblige de temps en temps à emmener son fils Thos pour lui élever l'esprit.

Vers le milieu du repas, sentant qu'il était temps que quelqu'un se décidât à dire quelque chose, j'attirai l'attention de Pop Bassett sur la décoration de la table. Dans une maison normale, le centre en eût été occupé par un vase de fleurs ou quelque chose de ce genre, mais à Totleigh Towers, c'était par une statuette d'une matière que je ne pus déterminer. Elle était si abominable que je pensai que ce devait être une nouvelle pièce de sa collection. Mon oncle Tom revient souvent des ventes avec de telles horreurs.

— C'est nouveau, ça ? dis-je, le faisant sursauter violemment.

Je suppose qu'il avait réussi à se persuader que je n'étais qu'un mirage et que je venais de lui rappeler que j'étais un être de chair et de sang.

— Cette chose, au milieu de la table, qui a l'air de sortir d'une revue nègre, c'est quelque chose que vous avez acheté depuis... depuis la dernière fois où je suis venu ?

Je pense que j'ai manqué de tact en lui rappelant ma précédente visite, je n'aurais pas dû en parler, mais c'est sorti tout seul.

— Oui, dit-il après un moment passé à frissonner. C'est la dernière pièce de ma collection.

— Papa l'a achetée à un nommé Plank qui habite près d'ici, à Hockley-cum-Meston, précisa Madeline.

— Joli petit bijou, dis-je.

J'avais la migraine rien qu'à la regarder, mais ça ne pouvait pas faire de mal de lui passer un peu de pommade.

— Juste le genre de chose que mon oncle Tom aimerait avoir. Par Jupiter ! m'écriai-je, frappé par le souvenir. Tante Dahlia m'en parlait justement au téléphone, elle m'a dit qu'Oncle Tom aurait vendu son âme pour l'avoir. Je n'en suis pas surpris. Elle a l'air d'avoir de la valeur.

— Elle vaut un millier de livres, dit Stiffy, sortant de son coma.

— Tant que ça ? Seigneur !

Étonnant, n'est-ce pas, qu'un magistrat puisse se permettre des dépenses de cette ampleur simplement grâce aux amendes qu'il a infligées durant sa carrière.

— Qu'est-ce que c'est ? De la pierre à savon ?

J'avais dit ce qu'il ne fallait pas.

— De l'ambre, jeta Pop Bassett avec un regard qui m'aurait terrifié s'il avait siégé au tribunal de Bosher Street. De l'ambre noir.

— Bien sûr. C'est ce qu'a dit Tante Dahlia, je me rappelle. Elle en parlait avec enthousiasme, voyez-vous, beaucoup d'enthousiasme.

— Vraiment ?

— Absolument.

J'espérais que ce dialogue allait briser la glace, pour ainsi dire, et que nous allions commencer à plaisanter comme les gens dans les salons, mais non. Le silence retomba. Finalement, le repas se termina et, deux minutes plus tard, j'étais en route pour ma chambre, où je me proposais de passer le reste de la soirée avec un Erle Stanley Gardner que j'avais emporté. Inutile de me mêler à la bande dans le salon, pour voir Spode me surveiller, Pop Bassett me dévisager et Madeline qui ne semblait pas d'humeur à nous chanter de vieilles chansons populaires jusqu'à l'heure du coucher. J'étais conscient qu'en filant ainsi je commettais une gaffe au point de vue social, une gaffe qui m'aurait attiré les foudres de tout auteur de livre sur les bonnes manières, mais la grande leçon que nous apprenons de la vie est de savoir reconnaître quand il faut ou il ne faut pas rester au centre de l'attention.

CHAPITRE VII

Je n'en ai pas encore parlé, ayant été occupé par d'autres sujets, mais, pendant tout le dîner, j'avais été intrigué par un mystère : qu'était-il arrivé à Emerald Stoker ?

Au déjeuner, elle m'avait annoncé sans équivoque qu'elle partait pour Totleigh Towers par le train de quatre heures qui, bien que ce fût un omnibus, devait être arrivé depuis longtemps, puisque Gussie, qui avait pris le même, était là, lui. Mais aucun signe d'elle. Il me fallait me rendre à l'évidence qu'elle avait dû se moquer de Wooster.

Pourquoi ? Quel était son motif ? me demandais-je en grimpant l'escalier en haut duquel m'attendait Erle Stanley Gardner. Si vous voulez me décrire comme perplexe et intrigué, vous aurez parfaitement raison.

Jeeves était dans ma chambre quand j'y entrai, remplissant son devoir de gentleman du gentleman, et je lui soumis mon problème.

— Avez-vous vu le film appelé *Une femme disparaît*, Jeeves ?

— Non, Monsieur, je vais rarement au cinématographe.

— Eh bien, c'est l'histoire d'une femme qui disparaît, si vous voyez ce que je veux dire, et ce qui m'y fait penser, c'est qu'une de mes amies s'est apparemment évanouie dans l'air sans laisser de trace, comme je vous l'ai entendu dire une fois.

— Extrêmement mystérieux, Monsieur.

— Comme vous dites. Je cherche en vain une solution. Quand je l'ai vue, au déjeuner, elle m'a dit qu'elle prenait le train de quatre heures pour Totleigh Towers. Et ce que je veux vous expliquer, c'est qu'elle n'est pas arrivée. Vous vous rappelez que j'ai déjeuné au *Ritz* ?

— Oui, Monsieur, vous portiez ce chapeau tyrolien.

— Inutile de revenir sur ce tyrolien, Jeeves.

— Bien, Monsieur.

— Si vous voulez savoir, plusieurs de mes amis, au *Drones*, m'ont demandé où je l'avais acheté.

— Sans doute pour éviter ce chapelier, Monsieur.

Je compris que cette discussion ne mènerait à rien, et j'orientai la conversation vers un sujet plus agréable et moins controversé.

— Jeeves, vous serez heureux d'apprendre que tout va bien.

— Monsieur ?

— À propos de ce luth dont nous parlions. Pas de fissure. Il sonne comme une cloche. J'ai eu le tuyau de source bien informée que Gussie et Madeline sont toujours épris. Mon soulagement est énorme.

Je ne m'attendais pas à le voir battre des mains en faisant des bonds de cabri, mais je n'étais pas préparé à la façon dont il accueillit cette nouvelle toute chaude. Il ne s'associa pas à mon sourire de Joconde.

— Je crains, Monsieur, que vous ne soyez trop optimiste. L'attitude de Miss Bassett peut être telle que vous la décrivez, mais du côté de Mr. Fink-Nottle, je suis au regret de vous dire que le ressentiment et le mécontentement ne sont pas minces.

Le sourire qui éclairait mon visage s'évanouit. Il n'est jamais facile de traduire en langage clair les discours de Jeeves, mais j'en avais compris le plus gros et un frisson me parcourut.

— Vous voulez dire qu'elle est encore éprise, mais qu'il ne l'est plus ?

— Précisément, Monsieur. J'ai rencontré Mr. Fink-Nottle à l'écurie quand j'ai rentré la voiture, et il m'a confié ses ennuis. Son histoire m'a mis grandement mal à l'aise.

Un autre frisson me traversa les os. J'avais le sentiment désagréable qu'un mille-pattes dansait le long de ma colonne vertébrale. Je redoutais le pire.

— Qu'est-il donc arrivé ?

— J'ai le regret de vous informer, Monsieur, que Miss Bassett a exigé que Mr. Fink-Nottle adopte un régime végétarien. Son humeur, en conséquence, est en pleine rébellion.

Je titubai. Dans mes rêves les plus sombres, je n'avais jamais imaginé quelque chose d'aussi terrible. Vous ne le croiriez pas en le voyant, parce qu'il est petit et ressemble à une crevette, et qu'il ne prend jamais de poids, mais Gussie aime manger. À le voir se jeter sur son assiette au *Drones*, un ténia lèverait son chapeau avec respect, reconnaissant son maître. Enlevez-lui ses rôtis, ses gigots bouillis et son steak aux rognons, un plat dont il raffole particulièrement, et vous le trouverez prêt à tous les stratagèmes, à toutes les trahisons, comme on dit, le genre de type capable de rompre des fiançailles avant que vous ayez fait « ouf ». En entrant, j'étais prêt à allumer une cigarette, mais maintenant, le briquet tombait de mes mains tremblantes.

— Elle veut qu'il devienne végétarien ?

— C'est ce que m'a dit Mr. Fink-Nottle, Monsieur.

— Plus de côtelettes ?

— Non, Monsieur.

— Plus de steaks ?

— Non, Monsieur.

— Juste des épinards et semblables immondices ?

— C'est ce que j'ai compris, Monsieur.

— Mais pourquoi ?

— Il semblerait que Miss Bassett ait récemment lu la vie du poète Shelley, Monsieur, et se soit convaincue que la consommation de nourriture carnée n'est pas spirituelle. Le poète Shelley a une opinion définitive sur le sujet.

Je ramassai le briquet dans une sorte de transe. Je savais que Madeline Bassett était indécrottable au sujet des étoiles et des lapins, et des fées qui se mouchaient, mais je n'aurais jamais pensé que sa stupidité puisse l'amener jusque-là. Mais une image s'imposa à moi, celle de Gussie à la table du dîner, fixant, le sourcil froncé, ce qui était indubitablement un épinard, et je sus que cette histoire était vraie. Pas étonnant que Gussie, dans son agonie, ait dit que Madeline le rendait malade. Comme un python, au zoo, aurait parlé de son gardien, si celui-ci l'avait soudain nourri de morceaux de fromage au lieu de son lapin quotidien.

— Mais c'est terrifiant, Jeeves.

— Certainement un peu dérangeant, Monsieur.

— Si Gussie décide de se révolter, tout peut arriver.

— Oui, Monsieur.

— Pourrions-nous faire quelque chose ?

— Vous pourriez essayer de raisonner Miss Bassett, Monsieur. Vous auriez un argument : les recherches médicales ont établi que le régime idéal est celui où les nourritures animales et végétales sont équilibrées. Un strict régime végétarien est déconseillé par la majorité des médecins, car il manque de protéines, en particulier les protéines qui contiennent les acides aminés requis par le corps. Des observateurs compétents ont trouvé des cas de désordres mentaux dus à ce manque.

— Vous lui diriez ça ?

— Cela pourrait se révéler utile, Monsieur.

— J'en doute fort, dis-je en soufflant un anneau de fumée. Je ne pense pas que ça la fasse changer d'avis.

— Moi non plus, Monsieur. Le poète Shelley partait d'un point de vue humanitaire plutôt que de la recherche de la santé du corps. Il prétendait que nous devons respecter les autres formes de vie, et c'est ce point de vue que Miss Bassett a adopté.

Un sourd grognement m'échappa.

— Au diable le poète Shelley ! J'espère qu'il va marcher sur un lacet dénoué et se briser le cou.

— Trop tard, Monsieur, il n'est plus de ce monde.

— Maudits soient les légumes !

— Oui, Monsieur, votre inquiétude est compréhensible. Je dois ajouter que la cuisinière s'est exprimée un peu comme vous quand je lui ai annoncé le malheur de Mr. Fink-Nottle. Son cœur a fondu de sympathie pour sa détresse.

Je n'étais pas d'humeur à entendre parler du cœur de la cuisinière, soluble ou pas, et j'allais le lui dire quand il poursuivit :

— Elle m'a demandé de dire à Mr. Fink-Nottle que, s'il lui était agréable de visiter la cuisine un peu plus tard, quand la maisonnée se serait retirée pour la nuit, elle lui préparerait un steak aux rognons.

Ce fut comme si le soleil souriait enfin à travers les nuages, ou comme si l'outsider sur lequel j'avais joué ma chemise avait dépassé tous les autres chevaux dans les dix derniers mètres pour gagner d'une courte tête. Car le péril qui menaçait de fendre l'axe Bassett-Fink-Nottle n'existait plus. Je connaissais Gussie en long et en large. Enlevez-lui ses protéines et ses acides aminés, et vous aigrirez son aimable nature, le rendant plein de haine pour l'espèce humaine, capable de mordre le nez de son voisin, et de le mordre fort ! Mais donnez-lui son steak aux rognons, donc, permettez-lui de remplir ses légitimes aspirations, et sa colère disparaîtra, il redeviendra aussi adorable qu'auparavant. L'œil sombre sera remplacé par un regard tendre, la remarque acerbe par des mots doux, et il sera à nouveau au mieux avec l'amour de sa vie. Ma poitrine palpitait de gratitude pour cette cuisinière dont la pensée rapide avait résolu le problème et décroché la timbale.

— Qui est-ce, Jeeves ?

— Monsieur ?

— Cette cuisinière salvatrice. Je veux l'inclure dans mes prières du soir.

— C'est une femme du nom de Stoker, Monsieur.

— Stoker ? Avez-vous dit Stoker ?
— Oui, Monsieur.
— Bizarre.
— Monsieur ?
— Rien. Juste une coïncidence assez étrange. L'avez-vous dit à Gussie ?
— Oui, Monsieur. Je l'ai trouvé très coopératif. Il a l'intention de se rendre à la cuisine peu après minuit. Ce steak aux rognons est, bien sûr, seulement un palliatif...
— Au contraire, c'est le plat favori de Gussie. Il en commande même quand c'est le jour du curry au *Drones*. Il adore ce truc.
— Vraiment, Monsieur ? Voilà une bonne nouvelle.
— Bonne est le mot. Quelle leçon pour nous, Jeeves ! Ne jamais désespérer, ne jamais jeter l'éponge ou nous cogner la tête contre les murs, car il y a toujours de l'espoir.
— Oui, Monsieur. Avez-vous besoin d'autre chose ?
— Rien, merci. La coupe est pleine.
— Alors, je vous souhaite une bonne nuit, Monsieur.
— Bonne nuit, Jeeves.

Quand il fut parti, je passai une demi-heure avec Erle Stanley Gardner, mais je trouvai plutôt difficile de suivre son intrigue et de concentrer mon attention sur les indices. Mes pensées revenaient à cette cuisinière extra-lucide. Bizarre que son nom soit Stoker. Une parente, peut-être.

J'imaginais parfaitement cette femme. Rougeaude, des lunettes, un peu irritable, peut-être, quand on l'interrompait au milieu de la cuisson d'une sauce, mais au cœur doux comme du beurre. Pas de doute, quelque chose dans l'aspect languissant de Gussie l'avait touchée. « Ce garçon a besoin d'être nourri, pauvre petit. » Peut-être aimait-elle les poissons rouges et lui en avait-il rappelé un qui lui était particulièrement cher. Peut-être avait-elle été chez les scouts. Quel que soit le motif de sa B.A. du jour, elle avait bien mérité de Bertram, et je me dis de me souvenir de lui donner un bon pourboire le jour de mon départ. Des bourses d'or seraient distribuées d'une main libérale.

Je songeais à tout cela, ma bienveillance s'accroissant d'instant en instant, quand entra Gussie en personne. J'avais eu raison de lui imaginer un aspect languissant. Il avait l'air lamentable de l'homme qui se nourrit d'épinards depuis des semaines.

Je compris qu'il était venu me demander ce que je faisais à Totleigh Towers, un point sur lequel il était bien naturel qu'il fût curieux, mais qui ne semblait pas l'intéresser vraiment. Il bifurqua rapidement sur une féroce dénonciation du monde végétal, plus amère, étrangement, à propos des choux de Bruxelles et des broccolis qu'envers les épinards. Je fus un temps considérable avant de pouvoir placer un mot. Mais quand j'y parvins, ma voix dégouttait de sympathie.

— Oui, Jeeves m'a raconté tout ça et mon cœur saigne pour toi.

— C'est la moindre des choses que tu puisses faire si tu as une once d'humanité, répondit-il chaudement. Aucun mot ne peut décrire l'agonie que j'ai soufferte, particulièrement à Brinkley Court.

J'acquiesçai. Je savais quelle torture ça avait dû être. Avec le cordon-bleu de Tante Dahlia aux fourneaux, le dernier endroit pour suivre un régime végétarien est bien Brinkley Court. Souvent, quand je jouis de l'hospitalité de ma vieille parente, je regrette de n'avoir qu'un seul estomac à remplir en voyant le menu.

— Soir après soir, je devais refuser les chefs-d'œuvre d'Anatole. Et si je te dis que, deux soirs de suite, nous avons eu des *mignonnettes de poulet petit duc** et, en une autre occasion, des *timbales de ris de veau toulousaine**, tu comprendras mon calvaire.

Comme je cherche toujours la chose agréable en toute circonstance, je lui fis remarquer le rayon de soleil à l'horizon.

— Cela a sûrement été terrible, mais courage, Gussie, pense au steak aux rognons !

J'avais trouvé la note juste. Son visage s'adoucit.

— Jeeves t'en a parlé ?

— Il a dit que la cuisinière le préparait pour toi. Et je me souviens d'avoir pensé que cette femme devait être une perle parmi les perles.

— Ce n'est pas trop fort, c'est un ange sous forme humaine. J'ai reconnu tous ses mérites dès que je l'ai vue.

— Tu l'as vue ?

— Bien sûr, que je l'ai vue ! Tu n'as pas oublié cette conversation que nous avons eue quand j'étais dans le taxi, prêt à partir pour Paddington. Mais je ne comprends pas comment tu peux la comparer à un pékinois !

— Hein ? Qui ?

— Emerald Stoker. Elle n'a pas du tout l'air d'un pékinois !

— Qu'est-ce qu'Emerald Stoker vient faire ici ?

Il sembla surpris.

— Elle ne t'a pas dit ?

— Dit quoi ?

— Qu'elle allait prendre du service comme cuisinière à Totleigh Towers.

Je m'étranglai. Un moment, je pensai que les privations avaient eu raison de sa santé mentale.

— Tu as bien dit cuisinière ?

— Je suis étonné qu'elle ne te l'ait pas dit. Je suppose qu'elle a pensé que tu ne serais pas capable de garder le secret. Elle a sûrement compris que tu es un bavard impénitent. Oui, elle est cuisinière.

— Mais pourquoi est-elle cuisinière ? dis-je, ignorant l'insulte faite à ma discrétion.

— Elle m'a expliqué tout ça dans le train. Il paraît qu'elle dépend d'une pension mensuelle que lui verse son père, et qui lui permet de vivre confortablement. Mais, ce mois-ci, elle a fait des investissements malheureux dans le turf. Sunny Jim dans la troisième à Kempton Park.

Je me rappelais ce cheval. Seule une réflexion de dernière minute m'avait empêché de boire la tasse moi-même.

— L'animal a fini sixième sur sept. Elle n'avait plus que l'alternative de demander une rallonge à son père, ce qui aurait nécessité une confession pleine et entière, ou chercher une occupation rémunératrice pour se maintenir à flot jusqu'au prochain mandat des États-Unis.

— Elle aurait pu m'en parler, ou à sa sœur Pauline.

— Idiot ! Une fille comme elle n'emprunte pas d'argent. Beaucoup trop fière. Elle a décidé de devenir cuisinière. Elle m'a dit qu'elle n'a pas hésité plus de trente secondes avant de faire ce choix.

Cela ne m'étonnait pas. Recourir à son paternel aurait déchaîné les chiens de l'enfer. Le vieux Stoker n'était pas le type de père à rire avec indulgence si on lui disait que sa fille avait perdu sa chemise sur un tocard. Je crois qu'il n'a jamais de sa vie ri avec indulgence. Je ne l'ai même jamais vu sourire. Mis au courant des errements de sa progéniture, il aurait sans aucun doute explosé de colère et diminué sa pension de cinquante pour cent. J'avais assisté pour ma part à quelques explosions de ce vieux pirate, et je peux vous assurer que son point d'ébullition est très bas. Elle avait bien fait d'opter pour le silence.

J'étais très satisfait d'avoir rempli dans mon esprit la case du mystère de la disparition d'Emerald Stoker, car je déteste être déconcerté et la chose me pesait sur le cœur, mais il restait un point à éclaircir.

— Comment a-t-elle eu l'idée de venir à Totleigh ?

— Je suis sans doute responsable. Quand nous avons bavardé, pendant cette soirée, je me rappelle avoir dit que Sir Bassett cherchait un cuisinier, et j'ai dû lui donner son adresse, parce qu'elle a écrit et elle a eu le poste. Ces Américaines, quel esprit d'entreprise !

— Et le travail lui plaît ?

— Assez, d'après Jeeves. Elle apprend le rami au majordome.

— J'espère qu'elle va le plumer jusqu'à l'os.

— Sûrement, dès qu'il sera assez avancé pour jouer de l'argent. Et elle dit qu'elle aime cuisiner. Comment est sa cuisine ?

Je pouvais répondre à ça. Elle m'avait invité à dîner dans son appartement une fois ou deux, et la bouffe avait été impeccable.

— Elle fond dans la bouche.

— Elle n'a pas fondu dans la mienne, dit amèrement Gussie. Enfin, ajouta-t-il avec une lueur plus douce dans les yeux, il y a toujours le steak aux rognons.

Et sur cette note d'espoir, il sortit.

CHAPITRE VIII

Il était assez tard quand je terminai mon Erle Stanley Gardner, et plus tard encore quand je m'éveillai du petit somme où j'étais tombé après avoir fermé le volume. Totleigh Towers avait depuis longtemps achevé sa journée, et tout était silencieux dans la maison, sauf un grognement sourd qui montait de mes intérieurs. Après y avoir prêté l'oreille un moment, je compris ce qui le causait. J'avais chipoté au dîner, et maintenant j'étais terriblement affamé.

Je ne sais pas si vous en avez fait l'expérience, mais, pour moi, il faut très peu de chose pour me couper l'appétit. Si l'atmosphère du déjeuner ou du dîner est un peu tendue, mon appétit disparaît. Cela m'arrive souvent quand je romps le pain avec Tante Agatha et c'était arrivé au repas de ce soir. Le stress de croiser incessamment le regard de Pop Bassett, de détourner les yeux pour rencontrer celui de Spode, et détourner les yeux pour retrouver celui de Pop, m'avait empêché de rendre justice à la cuisine d'Emerald Stoker. On lit quelquefois dans les romans que quelqu'un joue avec sa nourriture et même repousse son assiette sans y avoir touché. C'est, en gros, ce que j'avais fait. D'où, maintenant, cette étrange sensation de vide intérieur, comme si une main invisible me creusait l'estomac avec une cuillère.

Cette demande impérative de nourriture avait probablement commencé pendant mon Erle Stanley Gardnerage, mais j'avais été si occupé à ne pas mélanger le revolver du crime, le faux revolver et le revolver que Perry Mason avait enterré dans le verger, que je ne m'en étais pas aperçu. Maintenant, les affres de la faim commençaient à me déchirer. Devant mes yeux, de plus en plus clairement, se dressait une vision de steak aux rognons attendant dans la cuisine, et je pouvais presque entendre une petite voix qui disait : « Viens, mange. »

À quelque chose malheur est bon, comme on dit. C'était exactement le cas. J'avais toujours considéré mes visites à Totleigh Towers comme des désastres. J'avais tort. J'avais rencontré des épreuves destinées à m'endurcir, mais j'avais appris le chemin des cuisines, ce qui effaçait tout le reste. Il fallait descendre l'escalier, traverser le hall et la salle à manger, puis prendre une porte au bout de la susdite. Derrière cette porte, je supposais qu'une sorte de passage ou de corridor menait à la zone du steak aux rognons. Un voyage simple, comparé à d'autres que j'avais effectués de nuit dans ma jeunesse.

Pour un Wooster, penser, c'est agir. En moins de deux minutes, j'étais en chemin. Il faisait sombre dans les escaliers, et aussi sombre, sinon plus, dans le hall. Mais je progressais de manière satisfaisante et j'étais à mi-chemin de ce dernier quand un incident inattendu m'arrêta. Je me cognai dans un corps humain, la dernière chose que je m'attendais à rencontrer, et, pendant un instant... je ne dirai pas que tout devint noir, puisque tout était déjà noir, mais je fus considérablement perturbé. Mon cœur fit un de ces bonds spectaculaires que Nijinski a rendus célèbres aux Ballets russes, et je fus pleinement conscient que j'avais vraiment envie d'être ailleurs.

Cependant, comme je n'étais pas ailleurs, je n'avais pas le choix. J'agrippai donc ce maraudeur nocturne et m'aperçus avec joie qu'apparemment sa croissance n'avait pas été pleinement développée. Sans doute avait-il fumé, étant enfant. Je lui trouvais une allure de crevette qui me semblait encourageante. La tâche de l'amener à soumission me parut donc aisée, et je me jetai sur lui avec tout mon cœur. Soudain, ma main toucha une paire de lunettes, et j'entendis : « Eh ! Attention à mes binocles ! » Ce qui m'apprit que je faisais erreur. Ce n'était pas un voleur de minuit, mais un vieux copain avec lequel j'avais souvent, dans ma jeunesse, partagé ma dernière tablette de chocolat.

— Gussie ! C'est toi ? Je croyais que c'était un cambrioleur.

Il y eut une touche d'âpreté dans sa voix, quand il répondit :

— Eh bien, ce n'en est pas un.

— Non. Je vois ça. Tu dois admettre que l'erreur est compréhensible.

— Tu as failli me provoquer une crise cardiaque !

— Moi aussi, j'ai été surpris. Personne n'a jamais été aussi sidéré que Bertram quand tu t'es dressé sur son chemin !

— Ton chemin pour où ?

— As-tu besoin de le demander ? Vers le steak aux rognons. Si tu en as laissé un peu.

— Oui, il en reste un petit morceau.

— Il est bon ?

— Délicieux.

— Alors, je pense que je vais continuer ma route. Bonne nuit, Gussie. Désolé de t'avoir fait peur.

Je poursuivis mon chemin, mais j'étais un peu désorienté. Légèrement secoué par cette rencontre inattendue, je suppose. De tels chocs ne sont pas sans conséquence. De toute façon, et pour raccourcir une longue histoire, il arriva que, tandis que je longeais le mur, je télescopai ce qui se révéla une pendule de grand-père dont j'avais oublié l'existence. Elle se renversa avec un bruit qui me fit penser à la livraison de plusieurs tonnes de charbon à travers le toit d'une serre. Le verre se brisa, les ressorts et autres objets sortirent de leurs logements. Tandis que je restais là, essayant de séparer mon cœur de mes incisives entre lesquelles il s'était coincé, les lumières s'allumèrent et je découvris Sir Watkyn Bassett.

Ce fut un moment pénible. Il est déjà embarrassant de

se faire surprendre dans une maison étrangère à des heures indues par un hôte sympathique ou amical, mais vous avez, je pense, compris depuis longtemps que Pop Bassett n'était pas un de mes fans. Il pouvait déjà à peine supporter ma vue à la lumière du jour, et je suppose que je lui semblais encore pire à une heure du matin !

Mon impression d'avoir pris une tarte à la crème entre les deux yeux s'accrut encore à la vue de sa robe de chambre. C'était un homme petit... On pouvait penser, à le voir, que les fabricants de magistrats s'étaient trouvés à court de matière première quand ils étaient arrivés à lui... Mais, pour une raison difficile à déceler, plus l'homme est petit, plus la robe de chambre est voyante. La sienne était d'un pourpre éclatant, imprimée de grenouilles jaunes. Je n'étonnerai pas mes lecteurs si je dis que ce spectacle me frappa tant qu'il m'ôta la parole.

Non que j'eusse vraiment eu envie de bavarder, même si je l'avais vu vêtu d'un bleu marine sévère. Je crois que nul ne peut être complètement à l'aise en face de quelqu'un devant qui il a comparu au tribunal, disant : « Oui, monsieur le juge » et « Non, monsieur le juge » avant de s'entendre dire qu'il a vraiment de la chance de s'en tirer avec une amende au lieu de quinze jours fermes. C'est particulièrement le cas si vous venez de mettre en miettes la pendule de grand-père qui, manifestement, était très chère à son cœur.

— Dieu du ciel ! s'écria-t-il avec une horreur évidente. Vous !

Je ne sais jamais quoi répondre aux gens qui me disent « Vous ! ». En l'occurrence, tout ce que je trouvai fut « Bonsoir », mais je sentis que ce n'était pas bon. Mieux que « Tiens ! Bassett ! », peut-être, mais pas vraiment bon quand même.

— Puis-je vous demander ce que vous faites ici à cette heure, Mr. Wooster ?

J'aurais pu rire d'un rire léger et répondre : « Je bouscule les pendules de grand-père », pour essayer de détendre l'atmosphère, mais quelque chose me dit qu'il valait mieux pas. J'eus alors une inspiration.

— Je suis descendu chercher un livre. J'ai fini mon Erle Stanley Gardner et je n'arrivais pas à m'endormir, alors je suis venu voir si je pouvais emprunter quelque chose sur vos étagères. Et, dans le noir, je me suis cogné dans la pendule.

— Vraiment ? dit-il avec un mépris indescriptible.

À propos de ce minuscule avorton, j'aurais dû mentionner plus tôt qu'il était, durant sa carrière active, l'un de ces magistrats désagréablement sarcastiques qui sont honnis des classes criminelles. Leurs attendus sont souvent cités dans les journaux du soir avec le mot « rires » entre parenthèses et ils pensent avoir perdu leur journée quand ils n'ont pas réussi à faire passer un malheureux pickpocket ou un pauvre ivrogne pour un complet imbécile. Je sais que, lorsque nous nous trouvâmes face à face au tribunal de police de Bosher Street, il fit se convulser le public avec trois plaisanteries dans les deux premières minutes, me mettant le rouge au front.

— Pourrais-je savoir pourquoi vous effectuiez ces recherches littéraires dans l'obscurité ? Vous auriez sans doute pu, même avec vos capacités limitées, tourner le commutateur.

Là, il m'avait eu ! Le mieux que je pus trouver fut que je n'y avais pas pensé, ce qui me valut un reniflement méprisant, comme pour suggérer que j'étais bien un assez sombre crétin pour ne pas penser à ça. Il passa ensuite à la pendule, sujet dont j'eusse préféré qu'il fût laissé dans l'ombre. Il dit qu'il y avait toujours tenu, plus ou moins, comme à la prunelle de ses yeux.

— Mon père l'a achetée il y a de nombreuses années. Il l'emportait partout avec lui.

Là encore, j'aurais pu détendre l'atmosphère en suggérant que son paternel aurait plutôt dû s'acheter un bracelet-montre, mais je sentis, une fois de plus, que son humeur n'était pas à la plaisanterie.

— Mon père était dans le corps diplomatique. Il était sans cesse transféré d'un poste à un autre. Il ne s'est jamais séparé de cette pendule. Elle l'a accompagné, en parfait état, de Rome à Vienne, de Vienne à Paris, de

Paris à Washington, de Washington à Lisbonne. On aurait pu penser qu'elle était indestructible. Mais il lui fallait encore passer le test suprême ! Rencontrer Mr. Wooster ! Et ce fut trop pour elle ! Il n'est pas venu à l'idée de Mr. Wooster — on ne saurait penser à tout — que la lumière s'obtient en pressant sur ce bouton-là, alors il...

Là, il s'arrêta. Non pas tant qu'il eût fini ce qu'il avait à dire, mais à ce moment de la conversation, je sautai au sommet d'une grande commode distante de deux à trois mètres de l'endroit où nous discutions le bout de gras. J'ai peut-être touché le sol une fois, pendant ce transfert, mais sûrement pas plus d'une fois, et encore, pas volontairement. Un chat sur un lit de braises n'aurait pas fait preuve de plus de promptitude.

La raison de ce mouvement reposait sur des bases solides. Vers la fin de ses explications à propos de l'horloge, j'avais soudain pris conscience d'un bruit bizarre, comme si quelqu'un se gargarisait dans les environs, et, regardant autour de moi, j'avais rencontré les yeux brillants du chien Bartholomew, fixés sur moi avec l'intensité sinistre qui est la caractéristique de cette race. Les terriers d'Aberdeen, peut-être à cause de leurs sourcils broussailleux, semblent toujours vous dévisager depuis la chaire de l'église d'une secte écossaise particulièrement stricte comme si vous étiez un paroissien de réputation douteuse, assis au premier rang.

Ne croyez pas que je regardais vraiment ses yeux, pourtant. Mon attention était rivée sur ses dents. Il en avait d'excellentes et les arborait fièrement. Je connaissais depuis longtemps sa tendance à mordre d'abord et à poser des questions ensuite. Les Wooster sont courageux, mais ils ne prennent pas de risques inutiles.

Pop Bassett n'était conscient de rien, et c'est seulement quand son regard aussi tomba sur Bartholomew qu'il abandonna sa première théorie (que Bertram avait craqué sous le stress et qu'il ferait bien d'aller, sans perdre de temps, consulter un spécialiste des maladies mentales). Il considéra froidement Bartholomew et s'adressa à lui comme s'il était encore dans son tribunal :

— Va-t'en ! Couché ! Va-t'en ! grinça-t-il (si c'est bien le mot).

J'aurais pu lui dire de ne pas prendre ce ton avec un terrier d'Aberdeen. En effet, à part peut-être les dobermans, le terrier est la race de chiens la plus ombrageuse devant l'insulte.

— Vraiment, la façon dont ma nièce permet à cet animal de traîner n'importe où dans la...

« Maison », voilà, je suppose ce qu'il allait ajouter, mais il ne put prononcer le mot. C'était le moment d'agir rapidement, pas de parler. Le bruit de gargarisme venait d'augmenter de volume et Bartholomew fléchissait ses muscles en prenant son élan. Il bougea, il bondit, il sembla sentir le flux de la vie le long de sa quille, comme dit l'autre, mais Pop Bassett, avec une souplesse que je n'aurais jamais soupçonnée chez lui, déploya ses ailes et atterrit près de moi sur la commode. Honnêtement, je ne sais pas s'il n'a pas battu mon record d'une seconde ou deux.

— C'est intolérable ! dit-il alors que je me reculais courtoisement pour lui faire de la place.

Je comprenais son point de vue. Tout ce qu'il demandait à la vie, maintenant qu'il avait fait sa pelote, était de rester aussi loin que possible de Bertie Wooster, et nous étions là, joue à joue, pour ainsi dire, sur une commode plutôt inconfortable. Une certaine amertume était inévitable.

— C'est vrai, acquiesçai-je. Cela conduit à se poser des questions sur le comportement animal.

— Il est devenu fou ! Il me connaît parfaitement. Il me voit tous les jours.

— Mais, dis-je, mettant le doigt sur le point faible de son argumentation, il ne vous a peut-être jamais vu en robe de chambre.

J'avais été trop franc. Je vis que je l'avais vexé.

— Qu'est-ce qu'elle a, ma robe de chambre ?
— Un petit peu voyante, vous ne pensez pas ?

— Pas du tout.
— Mais c'est assez pour frapper un chien nerveux.

Je m'arrêtai pour rire tout bas, et il me demanda pourquoi je ricanais. Je le lui dis en face.

— Je pensais seulement que j'aimerais bien frapper ce chien nerveux. L'ennui, c'est que nous sommes désarmés. C'était pareil, il y a quelques années quand un cygne en colère nous a coursés, un ami et moi, jusque sur le toit du hangar à bateaux de ma tante Agatha, dans le Hertfordshire. Rien ne nous aurait plu davantage que de lui envoyer une brique, ou de l'assommer avec une rame, mais nous n'avions pas de brique et nous étions à court de rames. Nous avons dû attendre l'arrivée de Jeeves en réponse à nos cris. Vous auriez été impressionné, si vous aviez vu Jeeves, cette fois-là. Il avançait, intrépide, et...

— Mr. Wooster !
— C'est moi.
— Vous me feriez plaisir en m'épargnant le récit de vos souvenirs.
— Je disais seulement que...
— Eh bien, ne le dites pas.

Le silence tomba. Un silence blessé, pour ma part. J'avais seulement essayé de lui faire oublier nos ennuis par un bavardage amusant. Je me reculai ostensiblement de quelques centimètres. Les Wooster n'imposent pas leur conversation à qui n'en veut pas.

Pendant tout ce temps, Bartholomew essayait de nous rejoindre en sautant avec énergie. Heureusement, la Providence, dans son infinie sagesse, a donné aux terriers des pattes courtes, et, quoique plein de volonté, il n'arrivait à rien de constructif. Bien qu'un terrier d'Aberdeen puisse tenir haut, à travers neige et glace, sa bannière à l'étrange devise « Excelsior », il dut se contenter de regards mauvais et d'aboiements passionnés.

Quelques minutes plus tard, mon camarade réfugié sortit de son silence. Sans aucun doute, mes manières hautaines l'avaient intimidé, car sa voix était plus douce que précédemment.

— Mr. Wooster.

Je le regardai froidement.

— M'adressez-vous la parole, Bassett ?

— Il doit bien y avoir quelque chose à faire.

— Vous pourriez condamner cet animal à une amende de cinq livres.

— Nous ne pouvons pas rester ici toute la nuit.

— Pourquoi pas ? Qu'est-ce qui nous en empêche ?

Cela le rendit coi. Il retomba dans le silence. Nous étions assis là, comme un couple de moines trappistes, quand nous entendîmes une voix.

— Eh bien ! ça alors !

Je m'aperçus que Stiffy était là. Pas étonnant, en fait. Elle devait se montrer tôt ou tard. Quand on voit Bartholomew, Stiffy n'est pas loin.

CHAPITRE IX

Étant donné qu'elle passe la plus grande partie de ses journées à mettre d'innocents passants dans la panade, Stiffy est bien plus jolie qu'elle ne le mérite. Elle est vraiment petite, et j'ai toujours pensé que quand elle descendra la nef à côté de Putois, si ça arrive un jour, leur disparité de taille pourrait bien déclencher quelques fous rires dans les rangées de prie-Dieu. La pensée m'est souvent venue que la réponse que devra faire Putois, quand le ministre du culte lui demandera s'il veut prendre Stephanie pour épouse, sera : « Certainement, pour le peu qu'il y en a ! »

— Mais à quoi diable êtes-vous en train de jouer, tous les deux ? demanda-t-elle, naturellement surprise de trouver son oncle et son ami dans cette curieuse position. Pourquoi avez-vous renversé les meubles ?

— C'est moi, dis-je. Je me suis cogné dans l'horloge de grand-père. Je ne vaux pas mieux que Putois, pour me cogner dans les choses... ha ! ha !

— Moins de ha ! ha ! riposta-t-elle avec chaleur. Et n'aie pas le front de te comparer à mon Harold. Mais ça ne m'explique pas pourquoi vous êtes là, perchés comme un couple de vautours sur une branche.

Pop Bassett intervint de sa voix la plus hautaine. Se voir comparer à un vautour, malgré la ressemblance frappante, semblait l'avoir piqué.

— Nous avons été sauvagement attaqués par ton chien.

— Il ne nous a pas vraiment attaqués, dis-je, seulement lancé des regards méchants. Nous ne lui avons pas laissé le temps de nous attaquer, préférant nous soustraire à sa sphère d'influence avant qu'il puisse commencer le travail. Il essaie de nous rejoindre depuis deux heures. Du moins, il me semble que ça fait bien deux heures.

Elle fut prompte à défendre son idiot de chien.

— Comment pouvez-vous blâmer ce pauvre ange ? Il a sûrement pensé que vous étiez des espions internationaux à la solde de Moscou. Rôder dans la maison à cette heure de la nuit ! Je l'admets encore de Bertie, qui est tombé sur la tête quand il était bébé, mais cela me surprend de vous, Oncle Watkyn. Pourquoi n'êtes-vous pas encore couché ?

— Je serais ravi d'aller me coucher, dit aigrement Pop Bassett, si tu avais la bonté d'emmener cet animal. C'est un danger public.

— Très nerveux, m'en mêlai-je. C'est justement ce que nous étions en train de discuter.

— Il est très gentil quand on ne l'énerve pas. Retourne à ton panier, Bartholomew, vilain ! ordonna Stiffy.

Et par la seule force de sa personnalité, le molosse tourna les talons et disparut dans la nuit sans ajouter un mot.

Pop Bassett descendit de la commode et me jeta un regard de rancune judiciaire.

— Bonne nuit, Mr. Wooster. Si vous voulez encore briser quelques meubles, je vous laisse à vos plaisirs pervers.

Et lui aussi disparut dans la nuit.

Stiffy le regarda partir, pensive.

— Je ne crois pas qu'Oncle Watkyn t'aime beaucoup, Bertie. J'ai remarqué l'air consterné avec lequel il te dévisageait, au dîner. Je ne m'étonne pas que ton arrivée l'ait sidéré. Elle m'a étonnée moi-même. Je n'ai jamais été aussi surprise de ma vie quand tu es apparu comme un cadavre remontant à la surface de l'eau. Harold m'avait dit qu'il t'avait supplié de venir, mais que rien n'avait pu te décider. Qu'est-ce qui t'a fait changer d'avis ?

Lors de mon séjour précédent à Totleigh Towers, les circonstances m'avaient amené à confier à cette jeune péronnelle ma position vis-à-vis de sa cousine Madeline, aussi n'eus-je aucune hésitation à le lui expliquer.

— J'ai appris qu'il y avait de l'eau dans le gaz entre Madeline et Gussie, à cause — j'en ai été informé depuis — du régime végétarien qu'elle veut lui faire suivre dans les pas du poète Shelley, et j'ai compris que je devais venir me poser en *raisonneur**.

— Qu'est-ce que c'est qu'un résorbeur ?

— Je crois que ça dépasse un peu ta petite cervelle. C'est une expression française qui signifie, je crois, mais il faudrait que je vérifie auprès de Jeeves, un homme calme et intelligent qui intervient quand une fissure s'est produite entre deux cœurs amoureux et qui les réconcilie. Capital dans la crise actuelle.

— Tu veux dire que si Madeline donne son congé à Gussie, elle va t'épouser ?

— En gros, c'est ça. Et, bien que j'admire et respecte Madeline, je suis tout à fait opposé à l'idée d'avoir son souriant visage en face de moi à la table du petit déjeuner jusqu'à la fin de mes jours. Alors je suis venu voir ce que je pouvais faire.

— Tu n'aurais pas pu tomber à un meilleur moment. Maintenant que tu es là, tu vas pouvoir me rendre le service dont Harold t'a parlé.

Je vis que le temps de trancher dans le vif était venu.

— Ne compte pas sur moi. Je ne m'en occuperai pas. Je vous connais, toi et tes services.

— Mais c'est quelque chose de vraiment simple. Tu peux le faire les doigts dans le nez. Et tu apporteras le bonheur et le soleil dans la vie d'un pauvre type qui n'a besoin que d'un peu des deux. Tu n'as jamais été scout ?

— Pas depuis ma tendre enfance.

— Alors tu as des tas de B.A. en retard. Tu pourrais commencer par ça. Les faits sont les suivants...

— Je ne veux rien entendre.

— Tu préfères que je rappelle Bartholomew et qu'on en revienne au moment où je suis entrée ?

Elle avait là ce que Jeeves appelle un argument imparable.

— Bon, d'accord. Raconte-moi. Mais brièvement.

— Ça ne sera pas long. Et tu pourras aller te coucher. Tu te rappelles cette statuette noire sur la table du dîner ?

— Ah oui, le repoussoir.

— Oncle Watkyn l'a achetée à un homme appelé Plank.

— C'est ce que j'avais compris.

— Mais sais-tu combien il l'a payée ?

— Un millier de livres, c'est toi qui l'as dit.

— Non. J'ai dit qu'elle valait un millier de livres, mais il l'a eue de ce pauvre idiot de Plank pour un billet de cinq.

— Tu plaisantes ?

— Non, pas du tout. Il la lui a payée cinq livres. Il ne s'en cache pas. Quand nous étions à Brinkley, il a montré ce truc à Mr. Travers et lui a tout raconté... Comment il l'a vu sur la cheminée de Plank, a compris ce qu'il valait et a dit à Plank qu'il n'avait aucune valeur mais qu'il lui en donnerait cinq livres parce qu'il savait que la vie était dure pour lui. Il se vantait de son adresse et Mr. Travers montait comme un soufflé.

Je voyais très bien la scène. Si quelque chose fait bouillir le sang d'un collectionneur, c'est d'en entendre un autre lui raconter une bonne affaire.

— Comment sais-tu que la vie est dure pour Plank ?

— Il n'aurait pas vendu ce truc cinq livres s'il n'avait pas eu besoin d'argent.

— Il y a de l'idée là-dedans.

— Tu ne peux pas dire qu'Oncle Watkyn n'est pas un sale type !

— Il ne me viendrait jamais à l'esprit de dire une chose pareille. Il est, et a toujours été, le plus sale des types. Il est la preuve vivante de ce que j'ai souvent dit : il n'y a pas de bassesse où un magistrat ne puisse s'abaisser. Je ne m'étonne pas que tu trouves ça dégoûtant. Ton oncle Watkyn est un voleur de la pire espèce. Mais on n'y peut rien.

— Je n'en suis pas si sûre.

— Quoi ? Tu as essayé de faire quelque chose ?

— En quelque sorte. Je me suis arrangée pour qu'Harold prêche un sermon très sévère sur la vigne de Naboth. Tu as entendu parler de la vigne de Naboth ?

Je frémis. Elle offensait mon amour-propre.

— Je pense qu'il n'y a pas un homme à Londres ou dans les comtés d'Angleterre qui connaisse mieux que moi la vigne de Naboth sur le bout des doigts. La nouvelle n'en est peut-être pas parvenue jusqu'à toi, mais, en classe, j'ai eu le premier prix d'Histoire sainte.

— Je parie que tu as triché.

— Pas du tout. Simple mérite. Et Putois a-t-il coopéré ?

— Oui. Il a trouvé mon idée splendide, il a sucé des pastilles pour la gorge pendant une semaine entière pour avoir une bonne voix. Il a pris l'idée dans *Hamlet*, tu sais, pour frapper la conscience du roi, et tout ça.

— Oui. Je vois très bien la stratégie. Et ça a marché ?

— Non. Harold habite chez Mrs. Bootle, la femme du facteur, où il n'y a que des lampes à huile, le sermon était sur la table, près d'une lampe allumée et il a renversé la lampe, le sermon a brûlé et il n'a pas eu le temps de le réécrire, alors il a dû trouver un autre sujet qu'il connaissait déjà. Il était terriblement déçu.

Je serrai les lèvres, sur le point de dire que, de tous les empotés de la terre, H.P. Pinker tenait le pompon, quand il m'apparut que cela pourrait heurter les sentiments de Stiffy. Je me tus donc. Je ne voulais surtout pas blesser cette enfant, particulièrement en me souvenant de sa menace de rappeler Bartholomew.

— Alors, nous devons nous y prendre autrement. C'est là que tu entres en scène.

Je souris. Un sourire tolérant.

— Je vois où tu veux en venir, dis-je. Tu veux que j'aille trouver ton oncle Watkyn pour lui faire la morale. Tu veux que je lui dise : « Sois beau joueur, Bassett.

Laisse ta conscience te guider, Bassett », pour l'amener à comprendre combien c'est méchant de spolier la veuve et l'orphelin. Je pose comme hypothèse que Plank est orphelin, ce qui est possible, pas veuve. Mais, ma pauvre crevette, crois-tu vraiment que Pop Bassett me considère comme un ami ou un conseiller à qui il prêtera une oreille attentive ? Tu me rappelais il n'y a qu'un instant à quel point il est allergique au charme de Wooster. Il ne servira à rien que je lui parle.

— Ce n'est pas ce que je te demande.

— Alors, qu'est-ce que tu veux que je fasse ?

— Je veux que tu lui piques ce truc et que tu le rendes à Plank, pour qu'il puisse le vendre à un prix correct à ton oncle Travers. Cette idée d'Oncle Watkyn de ne lui donner que cinq livres ! Nous ne pouvons pas le laisser s'en tirer comme ça ! Il a besoin d'une bonne leçon.

J'eus un autre sourire tolérant. La jeune puce m'amusait. J'avais bien raison de penser que toute idée venant d'elle était impropre à la consommation humaine.

— Enfin, Stiffy ! Voyons !

Mon ton de doux reproche aurait dû la remplir de honte et de remords, mais non. Elle revint en force.

— Je ne vois pas ce que tu veux dire ! Tu piques sans arrêt des choses. Des casques de policier, des choses comme ça...

Je hochai la tête. Il est vrai que j'ai, jadis, vécu en Arcadie.

— Il y a, fus-je obligé d'admettre, un peu de vrai dans ce que tu dis. J'avoue que, dans mon temps, j'ai décoiffé un ou deux représentants de l'ordre...

— Bon. Alors ?

— ... mais seulement les soirs de régate Oxford-Cambridge, et quand mon cœur était plus jeune. C'est un tel épisode qui m'a fait rencontrer ton oncle pour la première fois. Mais, tu peux me croire, depuis lors mon sang s'est refroidi, mon caractère s'est réformé. Ma réponse à ta suggestion est NON !

— Non ?

— N-O-N ! épelai-je d'une manière à frapper l'intelligence la plus moyenne. Pourquoi ne piques-tu pas la chose toi-même ?

— Je ne pourrais pas l'apporter à Plank. Je suis consignée à la maison. Bartholomew a mordu le majordome et les péchés du terrier retombent sur la maîtresse. Je pense que tu devrais y réfléchir, Bertie.

— Rien à faire.

— Tu n'es qu'un frimeur !

— Mais un frimeur ferme qui ne se laissera pas ébranler par tes arguments spécieux.

Elle resta un moment silencieuse. Puis elle soupira.

— Vois-tu, j'espérais que je n'aurais pas besoin de prévenir Madeline, à propos de Gussie.

Je sursautai visiblement, mouvement dont j'ai le secret. J'avais rarement entendu des paroles plus désagréables. Elles me semblèrent sinistres.

— Sais-tu ce qui est arrivé ce soir, Bertie ? J'ai été réveillée il y a une heure. Sais-tu par quoi ? Des pas étouffés, rien de moins. Je me suis glissée hors de ma chambre et j'ai vu Gussie qui descendait subrepticement les escaliers. Tout n'était qu'obscurité, bien sûr, mais il avait une petite lampe torche qui faisait briller ses lunettes. Je l'ai suivi. Il allait à la cuisine. J'ai regardé et j'ai vu la cuisinière le bourrer de steak aux rognons comme une grue remplissant un cargo. La pensée m'a traversé l'esprit que, si Madeline apprenait ça, elle le virerait avant même qu'il ne sache ce qui lui arrive.

— Mais une fille ne vire pas un type juste parce qu'elle lui a demandé de ne manger que des épinards et des choux de Bruxelles et qu'il s'est oublié auprès d'un steak aux rognons, dis-je, essayant de me rassurer sans y arriver vraiment.

— Je te parie que Madeline le ferait.

Et moi aussi, d'ailleurs. Il ne faut pas juger une péronnelle comme Madeline Bassett sur des critères normaux. Ce qu'une fille ordinaire ferait et ce que Madeline ferait dans des circonstances données sont des choses bien différentes. Je me souvenais de la fois où elle avait rompu avec Gussie parce que, sans qu'il y eût faute de sa part, il s'était retrouvé ivre mort juste avant de remettre les prix à l'école de Market Snodsbury.

— Tu sais combien ses idéaux sont élevés. Oui, monsieur, si quelqu'un lui glissait un mot à propos de l'orgie de ce soir, les cloches du mariage n'auraient aucune chance de sonner. Gussie serait libéré, mais elle, elle commencerait à chercher quelqu'un pour prendre sa place. Je pense vraiment que tu devrais reconsidérer ta décision, Bertie, et te résoudre à piquer une fois de plus.

— Oh ! Ma sainte tante !

Je parlais comme le font les cerfs échauffés par la chasse quand, haletants, ils cherchent désespérément un point d'eau. Il eût été évident même pour un esprit moins astucieux que le mien que cette fieffée Byng m'avait saisi par les cheveux et était en position de dicter ses conditions.

C'était du chantage, bien sûr, mais le beau sexe adore le chantage. En bien des occasions, ma tante Dahlia m'avait plié à ses volontés en me menaçant, si je ne comblais pas ses désirs, de m'exiler de sa table, me privant des repas d'Anatole. Montrez-moi une femelle bien élevée, et je vous montrerai un Napoléon du crime, impitoyable, prêt à torturer sans remords le mâle infortuné dont les services lui sont indispensables. Il devrait y avoir une loi...

— On dirait que les carottes sont cuites, dis-je à regret.

— Elles le sont, affirma-t-elle.

— Tu es vraiment sérieuse ?

— Je ne pourrais pas l'être plus. Mon cœur saigne pour Plank et je veux que justice lui soit rendue.

— D'accord, alors. Tu m'as convaincu.

— Voilà mon brave petit homme ! Tout va être extraordinairement facile. Tu n'as rien à faire, à part faucher ce truc sur la table et le donner à Plank. Pense comme son pauvre visage s'éclairera quand tu le lui apporteras. « Mon héros ! » s'écriera-t-il.

Et elle me quitta avec un rire qui, bien qu'argentin, me fit l'effet du grincement d'une craie sur un tableau noir.

CHAPITRE X

De retour dans ma chambre, enfoui entre mes draps, j'eus bien du mal à m'endormir. Quand j'y parvins enfin, mon sommeil fut perturbé par d'horribles cauchemars où j'étais poursuivi par des requins. Certains ressemblaient à Stiffy, d'autres à Sir Watkyn Bassett, d'autres encore au chien Bartholomew. Quand Jeeves, pimpant, arriva au matin avec le plateau du petit déjeuner, je me hâtai de l'informer des nouveaux développements de l'affaire et du poignant mic-mac où je me débattais.

— Vous voyez ma position, Jeeves, conclus-je. Quand la disparition de l'objet sera découverte et que retentiront les cris de désespoir de Pop Bassett, qui sera immédiatement suspecté ? Wooster, Bertram. Mon nom est déjà honni dans cette maison, donc personne ne cherchera le coupable ailleurs. D'un autre côté, si je refuse, Stiffy considérera que je l'ai trahie et nous savons tous deux comment se comporte une femme trahie. Elle dira à Madeline Bassett que Gussie a succombé au steak aux rognons, et la ruine et la désolation s'ensuivront. Je ne vois aucun moyen de m'en sortir.

À ma grande surprise, au lieu de lever un sourcil à la hauteur habituelle de trois millimètres en disant : « Très regrettable, Monsieur », il eut une ombre de sourire. C'est-à-dire que le coin gauche de sa bouche se tordit presque imperceptiblement avant de revenir à sa position initiale.

— Vous ne pouvez pas accéder à la demande de Miss Byng, Monsieur.

Je bus une gorgée de café étonnée. J'avais du mal à suivre sa pensée. J'avais l'impression qu'il ne m'avait pas écouté.

— Mais si je ne le fais pas, elle va appeler le FBI.

— Non, Monsieur, car cette demoiselle sera forcée d'admettre qu'il vous est physiquement impossible d'exaucer son souhait. La statuette n'est plus disponible. Elle a été rangée dans la chambre forte de Sir Watkyn, derrière une porte d'acier massif.

— Seigneur Dieu ! Comment le savez-vous ?

— Je passais par hasard près de la salle à manger, Monsieur, quand j'ai entendu, par inadvertance, une conversation entre Sir Watkyn et Sa Seigneurie.

— Appelez-le Spode.

— Très bien, Monsieur. Mr. Spode faisait remarquer à Sir Watkyn qu'il n'avait pas aimé l'intérêt que vous portiez, hier soir, à cette figurine.

— Je passais un peu de pommade à Pop Bassett, histoire de détendre l'atmosphère.

— Précisément, Monsieur, mais votre opinion que cet objet était « juste le genre de chose qu'Oncle Tom aimerait avoir » a fait une profonde impression sur Mr. Spode. Se souvenant de l'épisode malheureux de la crémière-vache, qui avait rendu si déplaisante votre précédente visite à Totleigh Towers, il a précisé à Sir Watkyn qu'il avait révisé son premier jugement, et ne pensait plus que vous fussiez venu pour essayer de séduire Miss Bassett, mais qu'il était maintenant convaincu que le motif qui vous avait attiré dans la maison avait un rapport avec la statuette et que vous aviez l'intention de la subtiliser au bénéfice de Mr. Travers. Sir Watkyn, apparemment très ému à cette pensée, a accepté la théorie dans son intégralité, avec d'autant plus de facilité qu'il a dit vous avoir rencontré, rôdant dans la maison, aux petites heures du matin.

J'opinai du chef.

— Oui, nous nous sommes croisés dans le hall, vers

une heure du matin, je pense. Je descendais voir si je pouvais mettre la main sur un morceau de steak aux rognons.

— Je comprends parfaitement, Monsieur. Ce n'était pas une démarche judicieuse, si je puis me permettre, mais, bien sûr, la recherche de steak aux rognons prime sur toute autre considération. C'est après ce récit que Sir Watkyn est tombé d'accord avec la suggestion de Mr Spode de mettre la statuette sous clé dans la chambre aux collections. Je suppose qu'elle y est maintenant, et si vous expliquez à Miss Byng qu'il vous faudrait des outils de cambrioleur et un flacon de trinitrotoluène pour y accéder, alors que vous n'avez rien de tout ceci en votre possession, je suis sûr qu'elle entendra raison et reviendra à une résolution moins extrême.

Seule ma position couchée m'empêcha de me mettre à danser la gigue.

— Vous parlez d'or, Jeeves. Cela me sort d'affaire.

— Complètement, Monsieur.

— Vous auriez peut-être la bonté d'aller vous-même expliquer la nouvelle situation à Stiffy tout de suite. Vous racontez bien mieux que moi, et il faut qu'elle soit au courant dès que possible. Je ne sais pas où elle est à cette heure, mais vous la trouverez bien quelque part, j'en suis sûr.

— J'ai vu Miss Byng dans le jardin avec Mr. Pinker, Monsieur. Je pense qu'elle le prépare à son prochain supplice.

— Hein ?

— Si vous vous souvenez, Monsieur, à cause de l'indisposition du curé, Mr. Pinker doit se charger seul de l'organisation de la fête de l'école demain, et il ne prend pas la chose avec calme. Il y a quelques éléments perturbateurs parmi les écoliers de Totleigh-in-the-Wold, et il craint le pire.

— Demandez à Stiffy d'arrêter un instant son remontage de moral pour écouter votre communiqué.

— Très bien, Monsieur.

Il fut absent un certain temps... si longtemps, en fait, que j'étais habillé à son retour.

— J'ai vu Miss Byng, Monsieur.

— Et ?

— Elle insiste pour que vous rendiez la statuette à Mr. Plank, Monsieur.

— Elle est zinzin. Je ne peux pas entrer dans la chambre forte.

— Non, Monsieur, mais Miss Byng le peut. Elle m'a informé que, il y a quelque temps, Sir Watkyn a égaré sa clé et qu'elle l'a ramassée sans le lui dire. Sir Watkyn a fait faire une autre clé, mais Miss Byng détient toujours l'original.

Je fronçai le sourcil.

— Vous voulez dire qu'elle peut entrer dans la chambre forte quand elle en a envie ?

— Précisément, Monsieur. En vérité, elle l'a déjà fait.

En disant ces mots, il tira l'abomination de sa poche intérieure et me la tendit.

— Miss Byng suggère que vous alliez remettre l'objet à Mr. Plank après le déjeuner. À sa façon étrange, elle a dit, je cite ses propres paroles, que le repas vous mettrait du cœur au ventre pour... Je sais qu'il est un peu tôt, Monsieur, mais puis-je vous servir un petit cognac ?

— Pas un petit, Jeeves, videz le carafon.

Je ne sais pas de quoi Emerald Stoker est capable pinceaux et palette en mains, mais c'est sans aucun doute une parfaite cuisinière, et n'importe quelle maîtresse de maison serait heureuse de lui signer un contrat à vie. Le déjeuner qu'elle nous concocta était excellent, fondant sur la langue. Mais, avec l'abominable commission dont m'avait chargé Stiffy, j'avais très peu d'appétit. Le sourcil était froncé, les manières distraites et l'estomac plein d'appréhension.

— Jeeves, dis-je quand il m'accompagna à ma voiture à la fin du repas, la parole un tant soit peu embarrassée, car je n'avais pas mon humeur joyeuse habituelle, ne pensez-vous pas qu'il est étrange, la mortalité infantile étant ce qu'elle est, qu'une fille comme Stiffy ait pu survivre jusqu'à près de vingt ans ? Il y a là un manque d'organisation. Comment s'appelle cet arbre sous lequel il est dangereux de s'asseoir ?

— L'arbre upas, Monsieur.

— C'est un arbre upas femelle. On n'est pas en sécurité près d'elle. Le désastre vous guette de toutes parts à ses côtés. Autre chose. Elle peut bien dire avec... insouciance ?

— Ou désinvolture, Monsieur, les deux mots sont synonymes.

— Elle peut bien dire avec désinvolture ou avec insouciance « Va donner cette innommable abomination à Plank », mais comment vais-je le trouver ? Je ne peux pas frapper à toutes les portes de Hockley-cum-Meston en disant : « Pardon, êtes-vous Plank ? » C'est chercher une aiguille dans une meule de foin !

— Une image très appropriée, Monsieur. Je comprends la difficulté. Je vous suggère d'aller vous renseigner au bureau de poste du village. Les employés des postes ont généralement des informations sur les adresses des habitants des environs.

Quel à-propos ! Dans la rue principale de Hockley-cum-Meston, je m'aperçus que le bureau de poste était l'une de ces boutiques de village, où, en plus de s'y occuper du courrier, on y vendait aussi des cigarettes, du tabac pour la pipe, de la laine, des sucettes, de la ficelle, des chaussettes, des bottes, des imperméables, des cartes postales et des bouteilles contenant une boisson jaune non alcoolisée, probablement pétillante. En réponse à ma question, la vieille dame derrière le comptoir me dit que je trouverais Plank dans la grande maison avec des volets rouges à deux kilomètres plus bas sur la route. Elle parut un peu déçue en voyant que je ne voulais qu'une information et que je n'étais amateur ni d'une paire de bottes ni d'une pelote de ficelle, mais elle supporta la chose avec philosophie et je repartis vers ma voiture.

J'étais passé en venant devant la maison dont elle

m'avait parlé. Un manoir imposant entouré d'un grand parc. Ce Plank était probablement laboureur de son état. Je me l'imaginais comme un vieillard robuste et noueux dont le fils marin avait rapporté l'abomination d'un de ses voyages, de sorte qu'aucun d'eux n'avait la moindre idée de sa valeur. Le fils avait dit, sans doute : « Mettons ça sur la cheminée, p'pa, ça fera bien là. » À quoi le vieux paysan avait répondu : « Ouais, mon gars, all' s'ra superbe, là ! » ou quelque chose comme ça. Ils l'avaient donc placée sur la cheminée, et puis, Sir Watkyn Bassett était venu, avec ses manières citadines cauteleuses, pour truander le paternel et son rejeton. C'est courant, ce genre de choses.

J'atteignis la maison. Je me préparais à frapper quand arriva un vieux gentleman au visage carré, bronzé comme s'il était resté trop longtemps au soleil sans parasol.

— Bonjour, dit-il. J'espère que je ne vous ai pas fait attendre. Nous venons d'avoir un entraînement de rugby, et j'ai oublié l'heure. Entrez, mon cher, entrez.

J'ai à peine besoin de dire combien cet accueil chaleureux envers quelqu'un qui, quels que soient ses mérites, était un parfait étranger me réchauffa le cœur. C'est avec le sentiment que son attitude faisait honneur à l'hospitalité du Gloucestershire que je le suivis à travers le hall décoré avec libéralité de léopards, gnous et autres bestioles, jusqu'à une pièce dont les portes-fenêtres ouvraient sur le jardin. Il m'y laissa un moment pour aller chercher à boire, sa première question ayant été : « Voulez-vous vous en jeter un derrière la cravate ? », à quoi j'avais répondu positivement avec enthousiasme.

Quand il revint, j'examinais les photos sur le mur. Sur celle d'une équipe de rugby, il n'était pas difficile de reconnaître un délinquant juvénile assis au milieu, le ballon entre les mains.

— C'est vous ? interrogeai-je.

— C'est moi, répondit-il. Ma dernière année d'école. J'ai joué ailier toute la saison. Et là, c'est ce vieux

Scrubby Willoughby. Un trois-quarts aile rapide, mais il n'a jamais pu apprendre à faire une passe sautée.

— Vraiment ? dis-je, choqué.

Je n'avais pas la moindre idée de ce dont il parlait, mais son ton m'avait montré que Willoughby avait un caractère plutôt rude, et quand il ajouta que ce pauvre vieux Scrubby était mort d'une cirrhose du foie en Malaisie, je n'en fus nullement surpris. Je suppose que les types qui n'ont jamais su faire une passe sautée doivent tous connaître une fin désagréable.

— Le type à côté est Smiler Todd, le première ligne.

— Le première ligne, hein ?

— Un très bon première ligne. Il a joué pour Oxford, depuis. Vous aimez le rug ?

— Je ne pense pas l'avoir rencontré.

— Le rugby !

— Oh ! Ah ! Non. Pas tellement.

— Vous n'avez jamais joué ?

— Non.

— Dieu du ciel !

Je vis que j'étais tombé bien bas dans son estime. Mais il se conduisit en hôte et fit son possible pour cacher la nausée que ma confession lui occasionnait.

— J'ai toujours adoré le rug. Je n'y ai plus beaucoup joué après l'école, quand ils m'ont envoyé en Afrique occidentale. J'ai essayé d'apprendre le jeu aux indigènes, mais j'ai dû abandonner. Trop de morts, avec l'inévitable conséquence des guerres tribales. Maintenant, je suis en retraite, je me suis installé ici. J'essaie de faire de Hockley-cum-Meston la meilleure équipe du coin, et je dirais que les gars vont bien, mais nous avons besoin d'un bon première ligne, et je n'en trouve pas. Mais ça ne vous intéresse pas. Voulez-vous que je vous raconte mon expédition au Brésil ?

— Vous êtes allé au Brésil ?

Il me sembla, comme ça m'arrive souvent, que j'avais dit ce qu'il ne fallait pas. Il me fixa.

— Vous ne saviez pas que j'avais été au Brésil ?

— Personne ne m'en a parlé.

— J'aurais pensé qu'ils vous auraient averti, à votre bureau. Il me semble idiot d'envoyer un reporter de si loin sans lui dire qui il va rencontrer.

Je suis plutôt astucieux, et je me rendis compte qu'il y avait une erreur quelque part.

— Vous attendiez un reporter ?

— Bien sûr ! Vous ne venez pas de la part du *Daily Express* ?

— Non, désolé.

— Je croyais que vous veniez m'interviewer sur mon expédition au Brésil.

— Ah ! Vous êtes explorateur ?

Encore ce qu'il ne fallait pas dire ! Il était carrément vexé.

— Qu'est-ce que vous croyiez que j'étais ? Est-ce que le nom de Plank ne vous dit rien ?

— C'est votre nom, Plank ?

— Bien sûr.

— C'est une drôle de coïncidence, dis-je, intrigué. Je cherche un personnage nommé Plank. Pas vous, quelqu'un d'autre. Le type que je cherche est un robuste travailleur de la terre, probablement noueux, avec un fils marin. Comme vous portez le même nom, vous serez sans doute intéressé par son histoire. J'ai ici...

Je sortis de ma poche la chose d'ambre noir.

— ... un je-ne-sais-quoi...

Il s'étrangla à sa vue.

— Où avez-vous eu ça ? C'est une sculpture indigène. Je l'ai trouvée au Congo et je l'ai vendue à Sir Watkyn Bassett.

J'étais sidéré.

— *Vous* la lui avez vendue ?

— Certainement.

— Je chancelle sur mes bases !

Je me sentis pousser une auréole de boy-scout. Ce Plank me plaisait bien, je me réjouissais qu'il fût en mon pouvoir de lui rendre service. « Dieu bénisse Bertram Wooster », allait-il dire dans quelques secondes. Pour la première fois, j'étais heureux de la mission que m'avait imposée Stiffy.

— Alors, je vais vous dire, commençai-je. Si vous me donnez cinq livres...

Je m'interrompis. Il me fixait d'un œil froid et vitreux, comme, sans doute, il avait regardé les lions, léopards et gnous dont les restes étaient exposés sur ses murs. Les copains du *Drones* qui ont essayé d'emprunter dix livres à Oofy Prosser, le millionnaire du club, jusqu'au mercredi suivant, m'ont décrit exactement le même regard.

— Alors c'est ça ! dit-il, et Pop Bassett n'aurait pas pu parler plus dédaigneusement. J'ai compris votre truc, mon vieux. J'ai rencontré trop de vos pareils à travers le monde. Vous n'aurez pas vos cinq livres. Vous allez rester là, sans bouger, pendant que j'appelle la police.

— Ce ne sera pas nécessaire, Monsieur, dit une voix pleine de respect.

Et Jeeves entra par la porte-fenêtre.

CHAPITRE XI

Son arrivée me tira un sursaut, ou, peut-être, un cri d'étonnement. C'était la dernière personne que je m'attendais à voir et je ne comprenais pas comment il était là. Je pense parfois qu'il doit se dématérialiser comme ces types en Inde — les fakirs, c'est ça — qui disparaissent dans l'air à Bombay et se retrouvent cinq minutes après à Calcutta ou ailleurs, avec leurs morceaux totalement rassemblés.

Je ne comprenais pas non plus comment il avait pu deviner que le jeune maître était dans de sales draps et avait un besoin urgent de son assistance, sauf si c'était ce qu'on appelle de la télépathie. En tout cas, il était là, avec sa tête bulbeuse à l'arrière et cet air d'intelligence tranquille qui lui vient de ce qu'il mange énormément de poisson, et sa présence était la bienvenue. Je savais, par expérience, quel magicien c'était pour enlever Bertram de la panade. Et, la panade, dans cette affaire, j'y étais profondément immergé.

— Major Plank ? dit-il.

Plank, aussi, semblait décontenancé.

— Qui diable êtes-vous ?

— Inspecteur chef Witherspoon, monsieur, de Scotland Yard. Cet homme a-t-il essayé de vous extorquer de l'argent ?

— C'est exactement ce qu'il vient de faire.

— Comme je le soupçonnais. Nous avons l'œil sur lui

depuis longtemps, mais nous n'avons jamais pu le prendre la main dans le sac.

— Un escroc notoire, hein ?

— Précisément, monsieur. C'est un gros bonnet de la pègre, qui a l'habitude d'arriver dans les maisons et de soutirer de l'argent à l'aide d'une histoire plausible.

— Il fait plus que ça. Il fauche des choses aux gens pour les revendre. Regardez la statuette qu'il a dans les mains, je l'ai vendue à Sir Watkyn Bassett qui vit à Totleigh-in-the-Wold, et il a eu le culot d'essayer de me la vendre pour cinq livres !

— Vraiment, monsieur ? Avec votre permission, je vais confisquer cet objet.

— Vous en avez besoin comme preuve ?

— Exactement, monsieur. Je vais maintenant l'emmener à Totleigh Towers et le confronter avec Sir Watkyn.

— Faites donc. Ça lui apprendra. Il a une allure de gibier de potence. Je me doutais qu'il était recherché par la police. Vous l'avez à l'œil depuis longtemps ?

— Très longtemps, monsieur. On le connaît au Yard sous le sobriquet de Joe le Tyrolien, parce qu'il porte toujours un chapeau tyrolien.

— Il l'a justement maintenant.

— Il ne sort jamais sans.

— Il est idiot d'avoir un tel déguisement !

— C'est vrai, monsieur, mais le processus mental d'un tel homme est difficile à suivre.

— Alors, il est inutile que je téléphone à la police locale ?

— Absolument, monsieur. Je le prends en charge.

— Voulez-vous que je lui donne d'abord un bon coup de casse-tête zoulou ?

— Ce n'est pas nécessaire, monsieur.

— Ce serait plus sûr.

— Non, monsieur. Il va me suivre gentiment.

— Comme vous voulez. Mais ne le laissez pas se sauver.

— Je ferai très attention, monsieur.

— Enfermez-le dans un donjon aux murs suintants et faites-le bouffer par les rats.
— Très bien, monsieur.

Avec toutes ces histoires de passes sautées et de premières lignes, plus le stress de voir le gentleman du gentleman apparaître brusquement, et de subir une causerie à bâtons rompus sur les casse-tête zoulous, le crâne de Wooster n'était pas au mieux quand nous sortîmes, et je ne me sentis pas d'humeur à faire la conversation avant d'atteindre ma voiture, que j'avais laissée devant le portail.

— Inspecteur chef qui ? demandai-je, retrouvant l'usage de la parole.
— Witherspoon, Monsieur.
— Pourquoi Witherspoon ? D'un autre côté, ajoutai-je, car j'aime voir les deux aspects des choses, pourquoi pas Witherspoon ? Mais cela n'est pas capital pour l'instant, nous en discuterons plus tard. La vraie question, le nœud de l'affaire, la chose dont il faut parler immédiatement, c'est comment diable êtes-vous arrivé ici ?

— J'avais prévu que ma venue pourrait vous occasionner quelque surprise, Monsieur. Je me suis hâté de vous suivre dès que j'ai entendu la révélation que Sir Watkyn a faite à Miss Byng car j'ai pensé que vous pourriez vous trouver dans une situation embarrassante. J'espérais vous intercepter avant que vous ne fissiez la connaissance du major Plank.

Presque tout ce qu'il disait me passa par-dessus la tête.

— Quelle révélation de Pop Bassett à Stiffy ?
— C'est arrivé peu après le déjeuner, Monsieur. Miss Byng m'a informé qu'elle avait décidé d'aller voir Sir Watkyn pour tenter de le ramener à de meilleurs sentiments. Comme vous le savez, l'affaire de la statuette l'a profondément affectée. Elle pensait que, si elle faisait des reproches assez véhéments à Sir Watkyn, il pourrait en résulter quelque chose de constructif. À son grand étonnement, à peine avait-elle commencé à parler que Sir Watkyn, riant de bon cœur, lui a demandé si elle pou-

vait garder un secret. Il lui a alors révélé que l'histoire qu'il avait racontée à Mr. Travers à propos des cinq livres était dénuée de tout fondement. En réalité, il a payé mille livres au major Plank pour cet objet.

Il me fallut bien un quart de minute pour réaliser.

— Mille billets ?

— Oui, Monsieur.

— Pas cinq ?

— Non, Monsieur.

— Pourquoi diable a-t-il fait ça ?

Je pensais qu'il dirait qu'il n'en savait rien, mais non.

— Son but était d'exaspérer Mr. Travers. Mr. Travers est un collectionneur, et les collectionneurs n'aiment rien moins que d'entendre qu'un rival a eu pour rien un objet d'art de grande valeur.

Cela me pénétra. Je comprenais ce qu'il voulait dire. La découverte que Pop Bassett avait eu un machin de mille livres pour pratiquement rien avait enragé Oncle Tom. Stiffy l'avait décrit montant comme un soufflé, et je la croyais facilement. Le vieux croûton avait dû souffrir mille morts.

— C'est ça, Jeeves. C'est exactement ce dont Pop Bassett est capable. Rien ne lui fait plus plaisir que de gâcher la journée d'Oncle Tom. Quel homme, Jeeves !

— Oui, Monsieur.

— Aimeriez-vous avoir un esprit pareil ?

— Non, Monsieur.

— Moi non plus. Ça montre bien que la magistrature vous sape la fibre morale. Je me souviens d'avoir pensé, quand je comparaissais devant lui, au tribunal, qu'il avait l'œil faux et que je ne lui ferais pas confiance plus loin que je ne puis jeter un éléphant. Je suppose que tous les magistrats sont comme ça.

— Peut-être y a-t-il des exceptions, Monsieur.

— J'en doute. Ce sont tous des hypocrites. Ainsi, ma quête était...

— Superfétatoire, Monsieur.

— Superfétatoire ? Ça a un drôle d'air... Mais puisque vous le dites ! J'aurais préféré que ces nouvelles me soient communiquées avant que je n'arrive chez Plank. Cela m'aurait évité un martyre superfétatoire.

— Je mesure la tension nerveuse que vous avez subie, Monsieur. Il est dommage que je n'aie pas pu arriver plus tôt.

— Mais au fait, comment êtes-vous arrivé ? Je me le demande encore. Vous n'avez pas pu venir en marchant.

— Non, Monsieur, j'ai emprunté la voiture de Miss Byng. Je l'ai laissée à quelque distance sur la route et j'ai fini à pied. Entendant des voix, je me suis approché de la fenêtre et j'ai écouté. J'ai donc été capable d'intervenir au moment crucial.

— Vous êtes plein de ressources.

— Merci, Monsieur.

— J'aimerais vous exprimer ma gratitude. Et, quand je dis ma gratitude, je veux dire mon extrême gratitude.

— Ce n'est rien, Monsieur. Ce fut un plaisir.

— Sans vous, Plank m'aurait fait enfermer au trou local dans les cinq minutes. Qui est-il, au fait ? J'ai eu l'impression que c'était une sorte d'explorateur.

— Oui, Monsieur.

— Un grand voyageur, d'après ce que j'ai compris.

— Parfaitement, Monsieur. Il est rentré récemment d'une expédition dans l'intérieur du Brésil. Il a hérité la maison où il réside d'un parrain décédé. Il élève des épagneuls, souffre de malaria et ne mange que du pain aux protéines non grasses.

— Vous semblez bien renseigné sur lui.

— J'ai mené mon enquête au bureau de poste, Monsieur. La personne, derrière le comptoir, est très communicative. J'ai également appris que le major Plank est un fan de rugby et espère rendre Hockley-cum-Meston invincible sur les terrains.

— Oui, c'est ce qu'il m'a dit. Vous n'êtes pas première ligne, par hasard, Jeeves ?

— Non, Monsieur. En vérité, je ne sais pas ce que cela signifie.

— Moi non plus, sauf que c'est quelque chose dont une équipe de rugby a besoin pour éteindre l'opposition.

Je crois que Plank en cherche un partout mais sa quête a été superfétatoire. Plutôt triste, quand on y pense. Tout cet argent, tous ces épagneuls, tout ce pain aux protéines, mais pas de première ligne. Enfin, c'est la vie !

— Certainement, Monsieur.

Je me glissai derrière le volant et lui dis de monter.

— Mais, j'oubliais, vous avez la voiture de Stiffy. Alors j'y vais. Plus tôt j'aurai remis cette statuette entre ses mains, mieux ce sera.

Il ne secoua pas la tête, parce qu'il ne la secoue jamais, mais il leva la région sud-est d'un sourcil dubitatif.

— Si vous voulez mon avis, Monsieur, je crois qu'il serait plus sage que je rapporte l'objet à Miss Byng. Il serait peu prudent que vous retourniez dans les environs de Totleigh Towers avec cela sur vous. Vous pourriez rencontrer Sa Seigneurie... Je veux dire Mr. Spode.

Là, il m'avait vraiment surpris.

— Vous ne suggérez pas qu'il pourrait me fouiller ?

— Je pense que c'est très possible, Monsieur. Dans la conversation que j'ai entendue par hasard, Mr. Spode donnait l'impression qu'il ne se laisserait arrêter par rien. Si vous voulez me remettre cet objet, je veillerai à ce que Miss Byng le replace dans la chambre forte dès que possible.

Je n'hésitai pas longtemps. Je n'étais que trop heureux de me débarrasser de cette horrible chose.

— Très bien, si vous le dites. Voilà. Mais je pense que vous calomniez Spode.

— Je ne crois pas, Monsieur.

Et, par Jupiter, il avait raison. À peine avais-je fait entrer la voiture dans la cour de l'écurie qu'un corps opaque obscurcit l'horizon. C'était Spode. Il ressemblait à l'inspecteur chef Witherspoon sur le point de serrer le coupable.

— Wooster ! dit-il.

— Présent, dis-je.

— Sortez de cette voiture, que je puisse la fouiller.

CHAPITRE XII

Je fus empli d'une infinie reconnaissance pour la prescience de Jeeves, si prescience est bien le mot qui convient. Je veux parler de cette façon étrange qu'il a de voir l'avenir, de former des plans à l'avance. Sans son diagnostic génial des périls qui m'attendaient, j'aurais été dans une profonde panade, incapable de nager jusqu'au rivage. Mais là, je pouvais me permettre d'être insouciant et débonnaire. J'étais comme le type dont Jeeves m'a parlé une fois, qui était si pétri d'honnêteté que les menaces de quelqu'un ne le touchaient pas plus que le vent, qu'il ne respectait pas. Je pense que si Spode avait perdu un bon mètre de haut et autant en largeur entre les épaules, j'aurais ri d'un rire moqueur et lui aurais peut-être envoyé mon mouchoir de dentelle au visage.

Il me fixait d'un œil perçant, sans savoir à quel point il aurait l'air idiot avant le coucher du soleil.

— Je viens de fouiller votre chambre.

— Vraiment ? Vous m'étonnez. Vous cherchiez quelque chose ?

— Vous savez très bien ce que je cherche. La statuette d'ambre dont vous avez dit que votre oncle serait si heureux de l'avoir.

— Oh, ça ! Je croyais qu'elle était dans la chambre forte.

— Qui vous l'a dit ?

— Une source généralement bien informée.

— Eh bien, elle n'est plus dans la chambre forte. Quelqu'un l'a prise.

— Vraiment extraordinaire !

— Et quand je dis « quelqu'un », je veux dire un sale voleur du nom de Wooster. La chose n'est pas dans votre chambre, donc, si elle n'est pas dans votre voiture, vous devez l'avoir sur vous. Retournez vos poches !

J'obéis à sa requête, surtout à cause du volume excessif de ses muscles. Un poids plume m'aurait trouvé beaucoup moins obligeant. Le contenu de mes poches ayant été placé devant lui, il renifla d'un air déçappointé, comme s'il avait espéré mieux, et se rua vers la voiture, ouvrant la boîte à gants et soulevant les coussins. Et Stiffy, arrivant sur ces entrefaites, considéra son vaste arrière-train d'un air curieux.

— Que se passe-t-il ? demanda-t-elle.

Cette fois, j'y allai de mon rire moqueur. Cela me semblait indiqué.

— Tu sais, cette abomination noire qui était sur la table, au dîner ? Il paraît qu'elle a disparu et Spode s'est mis dans la tête l'idée idiote que je l'ai fauchée et que je la détiens... comment dit-on ? pas par-derrière... par-devers moi, c'est ça ! Il croit que je la détiens par-devers moi.

— Vraiment ?

— C'est ce qu'il dit.

— C'est un imbécile !

Spode se retourna, rouge de ses excès. Je fus heureux de voir qu'en se penchant sous les sièges il s'était collé de l'huile sur le nez. Il regarda Stiffy d'un air sinistre.

— Vous me traitez d'imbécile ?

— Bien sûr. Une longue lignée de gouvernantes m'ont appris à toujours dire la vérité. Quelle idée d'accuser Bertie d'avoir pris la statuette !

— C'est vraiment idiot, acquiesçai-je. Ou bizarre serait peut-être plus approprié.

— Ce truc est dans la chambre forte d'Oncle Watkyn.

— Elle n'est pas dans la chambre forte.

— Qui a dit ça ?

— Moi, je le dis.

— Eh bien, moi, je dis qu'elle y est. Allez donc y voir si vous ne me croyez pas. Arrête ça, Bartholomew, vilain chien ! hurla Stiffy, changeant abruptement de sujet, et son pied entra en contact avec l'animal qui venait de déterrer quelque chose de dégoûtant, je suppose, et se roulait dessus.

Je compris son problème. Les terriers d'Aberdeen sentent toujours. Ajoutez à leur arôme naturel le bouquet d'un rat crevé ou quoi que ce soit, et vous avez un parfum trop riche pour la narine humaine. Il y eut une courte altercation et Bartholomew, jurant comme à son habitude, fut emmené prendre un bain.

Quelques minutes plus tard, Spode revint, toute hargne disparue de ses traits.

— Il semblerait que j'aie été injuste avec vous, Wooster, dit-il.

Je fus sidéré de l'entendre parler si doucement. Les Wooster sont toujours magnanimes. Nous n'écrasons pas le vaincu sous nos talons d'acier.

— Alors, la chose y était ?

— Heu... Oui, elle y était.

— Très bien. Tout le monde peut se tromper.

— J'aurais juré qu'elle avait disparu.

— Mais la porte était fermée à clé ?

— Oui.

— Ça rappelle ces histoires de mystères, non ? Quand il y a une chambre close sans fenêtre, et qu'on y trouve par hasard, un beau matin, un millionnaire avec une dague orientale plantée sous l'omoplate. Vous avez de l'huile sur le nez.

— Vraiment ? dit-il en y passant un doigt.

— Maintenant, vous en avez aussi sur la joue. Si j'étais vous, j'irais rejoindre Bartholomew dans la baignoire.

— J'y vais. Merci, Wooster.

— De rien, Spode, ou plutôt Sidcup. N'épargnez pas le savon.

Je suppose que rien ne vous remonte davantage le moral que le spectacle de la débâcle des forces du mal, et c'est d'un cœur léger que je retournai vers la maison. Les derniers événements m'avaient soulagé d'un grand poids. Les oiseaux chantaient, les insectes bourdonnaient, et je sentais bien qu'ils essayaient de dire : « Tout va bien. Bertram s'en est tiré. »

Une chose que j'ai souvent remarquée, c'est que, quand je me suis sorti sain et sauf d'un péril, presque toujours, le destin décide de m'envoyer quelque chose d'autre, pour voir comment je le supporterai. Ce fut le cas en la présente occurrence. Sentant que j'avais besoin de m'inquiéter un peu, il retroussa ses manches et se mit au travail, permettant à Madeline Bassett de me croiser dans le hall.

Même si elle avait été dans son stupide état normal, elle aurait été la dernière personne que j'eusse envie de voir, mais elle était dans un état anormal, quelque chose était arrivé, son regard n'était plus flou, mais brillant d'une flamme qui m'emplit d'une peur sans nom. Elle était manifestement remontée, pour une raison inconnue, et je compris illico que ce qu'elle allait dire n'était pas propre à faire chanter hosanna au dernier des Wooster, tel le chérubin ou le séraphin, si ce sont bien leurs noms. Un moment plus tard, elle me révéla ses sentiments, sans même ce qu'on appelle un préambule.

— Je suis furieuse contre Augustus ! dit-elle, et mon cœur s'arrêta.

C'était comme si le fantôme de Totleigh Towers (s'il y en a un) l'avait saisi dans sa main glacée.

— Pourquoi ? Qu'est-il arrivé ?

— Il a été très impoli avec Roderick.

Cela semblait incroyable. Personne, à part un champion de catch, ne se hasarderait à être impoli avec un type aussi gros que Spode.

— Ce n'est pas possible !

— Je veux dire qu'il a été impoli à propos de Roderick. Il a dit qu'il en avait plus qu'assez de le voir traîner dans cette maison comme si elle lui appartenait, comme s'il n'avait nulle part où aller, et que si papa avait un peu plus de bon sens qu'une boule de billard, il lui ferait payer une pension. C'était très agressif.

Mon cœur resta arrêté. Ce n'est en rien dénaturer les faits que de dire que j'étais consterné. Cela montre, me disais-je, ce qu'un régime végétarien peut faire à un type, le changeant en un clin d'œil d'un œuf mollet en un œuf dur. Je suis certain que l'entourage du poète Shelley a constaté la même chose à son propos. J'essayai de verser de l'huile sur cette mer démontée.

— Sans doute qu'il plaisantait, tu ne crois pas ?

— Non, je ne crois pas.

— Il ne disait pas ça avec une étincelle dans l'œil ?

— Non.

— Ni avec un rire léger ?

— Non.

— Tu aurais pu ne pas t'en apercevoir, c'est facile à rater, les rires légers.

— Il pensait chacun des mots qu'il a dits.

— Alors, c'est probablement juste un instant de... comment dit-on ? d'irritabilité. Ça arrive à tout le monde.

Elle grinça d'une ou deux dents, ou, du moins, c'est ce qu'elle eut l'air de faire.

— Ce n'était pas ça du tout. Il était amer et méchant, et ça dure depuis un bon moment. Un matin, nous nous promenions dans la prairie, et l'herbe était toute couverte de petites gouttes de rosée, alors j'ai dit : « Ne trouves-tu pas qu'on dirait les voiles de mariées des elfes ? » et il a répondu : « Pas du tout », ajoutant même qu'il n'avait jamais entendu une chose aussi stupide.

Bien sûr, il avait parfaitement raison, mais ce n'est pas une chose à dire à une fille comme Madeline Bassett.

— Et un soir, quand nous regardions le coucher de soleil, et que j'ai dit que les couchers de soleil me faisaient toujours penser à la sainte damoiselle, penchée à la grille d'or du paradis, il a demandé : « Qui ça ? », alors j'ai répondu : « La sainte damoiselle » et il a dit : « Jamais entendu parler ! » Il a même ajouté que les couchers de soleil le rendaient malade et que la sainte damoiselle lui faisait mal au ventre.

Je vis que le temps était venu de me faire *raisonneur**.

— C'était à Brinkley ?

— Oui.

— Je vois. Après que tu l'as forcé au régime végétarien. Es-tu sûre, dis-je, « raisonnant » comme pas un dans le business, qu'il est sage de le condamner aux épinards et tout ça ? Plus d'un esprit fier se rebelle quand on le prive de protéines. Je ne sais pas si tu en as entendu parler, mais les recherches médicales ont prouvé que le régime idéal doit être équilibré en nourritures animales et végétales. Ça a quelque chose à voir avec les acides machin-chose nécessaires au corps.

Elle ne renifla pas tout à fait, mais le bruit qu'elle fit n'était pas loin du reniflement.

— Quelle bêtise !

— C'est ce que disent les médecins.

— Quels médecins ?

— Des praticiens célèbres de Harley Street.

— Je n'y crois pas. Des milliers de gens sont végétariens et jouissent d'une parfaite santé.

— La santé corporelle, peut-être, dis-je, saisissant habilement la balle au bond. Mais pour l'âme ? Si tu prives soudain un type de steaks et de côtelettes, ça fait quelque chose à son âme. Ma tante Agatha a forcé une fois mon oncle Percy au régime végétarien, et toute sa nature s'est aigrie. Non, fus-je forcé d'admettre, qu'elle ne soit pas aigre en temps normal, comme celle de toute personne obligée d'être constamment en contact avec Tante Agatha. Je te parie que c'est ce qui ne va pas avec Gussie, il a simplement besoin de se mettre une côtelette de mouton ou deux derrière la ceinture.

— Eh bien, il ne les aura pas. Et s'il continue à se conduire en enfant gâté, je saurai quoi faire.

Je me souviens que Putois Pinker m'a raconté une fois que, vers la fin de ses études à Oxford, il répandait la bonne parole un jour dans Bethnal Green, quand un marchand des quatre-saisons lui a balancé le pied dans l'estomac. Il disait que ça lui avait donné une impression confuse de rêve éveillé. C'est exactement l'effet que me firent les paroles de Madeline Bassett. Elle les avait prononcées entre des dents qui, si elles n'étaient pas exactement serrées, n'en étaient pas loin. Et j'eus l'impression que la botte solide d'un vendeur de bananes et d'oranges sanguines m'avait atteint en plein plexus solaire.

— Et... Qu'est-ce que tu feras ?
— T'occupe !

Je fis une tentative prudente.

— Suppose... Ce n'est pas probable. Mais suppose que Gussie, rendu fou par l'abstinence, se laisse tenter par... prenons, au hasard, un steak aux rognons, quelle serait la sentence ?

Je ne la croyais pas capable d'un regard perçant, pourtant c'est ce qu'elle me jeta à cet instant. Je pense que même les yeux de Tante Agatha n'auraient pas fouillé en moi plus profondément.

— Es-tu en train de me dire, Bertie, qu'Augustus a mangé un steak aux rognons ?

— Dieu du ciel, non ! Ce n'était qu'une question trucmachin.

— Je ne te comprends pas.

— Comment appelles-tu une question qui n'est pas réellement une question ? Ça commence par un *h*. Hypothétique, c'est ça ! C'était juste une question hypothétique.

— Ah ! Bon. La réponse est que, si je trouvais Augustus en train de manger la chair d'un animal sacrifié, je ne voudrais plus rien avoir à faire avec lui, dit-elle.

Et elle disparut, me laissant inerte et vidé de toute substance.

CHAPITRE XIII

L'aube du lendemain fut brillante et douce. C'est, du moins, ce que je suppose. Je ne la vis pas moi-même, n'étant tombé dans un assoupissement agité que quelques heures avant qu'elle ne pointe son nez, mais quand je sortis des brumes du sommeil, le soleil brillait derrière la fenêtre et l'oreille détectait le gazouillis d'environ sept cent cinquante oiseaux dont aucun, contrairement à moi, n'avait l'air d'avoir le moindre problème en tête. Leur chant insouciant me parut indécent, car j'avais l'âme mélancolique et tous ces joyeux « cui-cui » ne firent qu'approfondir la tristesse où m'avait plongé, la veille, ma conversation avec Madeline Bassett.

Comme vous pouvez l'imaginer, son coup d'œil assassin, comme on appelle ça, je crois, m'avait profondément frappé. Il était évident qu'il n'était plus, désormais, question d'une querelle d'amoureux qui se termine avec quelques larmes et un ou deux baisers, mais d'une vraie fissure de classe A qui, si les mesures adéquates n'étaient pas promptement prises, risquait d'endommager définitivement le luth et de le rendre aussi muet qu'un tambour percé. Mais quelles mesures ? Voilà qui me dépassait. Deux volontés d'airain se heurtaient. D'un côté, nous avions Madeline Bassett et son décret antiviande, de l'autre, Gussie, fermement déterminé à avaler toute nourriture carnée qu'il pourrait attraper. Je me demandais avec terreur quel serait le résultat de cet affrontement, et je frissonnais à la pensée de ce que l'avenir me réservait, quand Jeeves entra avec ma tasse de thé matinale.

— Eh ? dis-je d'un air absent quand il la posa sur ma table de nuit.

D'habitude, je me jette sur le fluide rafraîchissant comme un phoque sur une tranche de poisson. J'étais préoccupé, si vous voyez ce que je veux dire. Ou distrait, si vous préférez.

— Je disais que nous avons bien de la chance d'avoir une aussi belle journée pour la fête de l'école, Monsieur.

Je m'assis dans un sursaut, bousculant la tasse comme si j'avais été le révérend H.P. Pinker en personne.

— C'est aujourd'hui ?

— Cet après-midi, Monsieur.

J'émis un sourd grognement.

— On avait bien besoin de ça.

— Monsieur ?

— C'est la dernière goutte d'eau. J'en ai déjà assez gros sur le cœur.

— Quelque chose vous ennuie, Monsieur ?

— Exactement. Les fondations de l'enfer en tremblent. Comment dites-vous quand deux nations cessent d'être alliées et commencent à se traiter de noms d'oiseaux par-dessus la frontière ?

— On dit en général que les relations se sont détériorées, Monsieur.

— Eh bien, les relations se sont détériorées entre Madeline Bassett et Gussie. Nous savions déjà qu'il était mécontent, mais maintenant elle est mécontente aussi. Elle lui en veut d'une blague qu'il a dite à propos du coucher de soleil. Elle a une haute opinion des couchers de soleil, et il a dit qu'ils le rendaient malade. Vous imaginez ?

— Très facilement, Monsieur. Mr. Fink-Nottle m'entretenait de ce coucher de soleil hier matin. Il a dit qu'il ressemblait à une tranche de roast-beef et que cela le torturait de le voir. On peut compatir à ce sentiment.

— En effet, mais il aurait dû le garder pour lui. Il

paraît qu'il a aussi parlé irrespectueusement de la sainte damoiselle. Qui est la sainte damoiselle, Jeeves ? Je n'en avais jamais entendu parler.

— L'héroïne d'un poème de Dante Gabriel Rossetti, Monsieur. Elle se penchait à la grille d'or du paradis.

— Oui, j'avais compris ça. On me l'a spécifié.

— Ses yeux étaient plus profonds que les eaux les plus profondes. Elle avait trois lis dans la main et sept étoiles dans les cheveux.

— Vraiment ? Enfin, quoi qu'il en soit, Gussie a dit qu'elle le rendait malade et Madeline Bassett est aussi à vif qu'un cou brûlé par le soleil.

— Très ennuyeux, Monsieur.

— Ennuyeux est le mot. Si les choses continuent comme ça, aucun bookmaker ne prendra la continuation de cette idylle à plus de cent contre huit. J'ai connu bien des idylles, en mon temps, mais aucune ne m'a paru aussi mal partie que celle de Madeline Bassett, fille de Sir Watkyn et de feue Lady Bassett, avec Augustus Fink-Nottle. Le suspense est à son paroxysme. Comment s'appelait ce type qui avait une épée suspendue au-dessus de la tête ?

— Damoclès, Monsieur. C'est une vieille légende grecque.

— Eh bien, c'est exactement ce que je ressens. Et avec ça derrière la tête, je m'attends à une fête d'école très désagréable. Je n'irai pas.

— Votre absence sera remarquée, Monsieur.

— Je m'en fiche. Ils ne m'y verront pas. Je me défile, et qu'ils pensent ce qu'ils veulent.

Je me souvenais de cette histoire que Pongo Twistleton avait racontée un soir au *Drones*, qui illustre à quoi peuvent mener les passions débridées. Pongo avait assisté, un jour, à une fête d'école et, en racontant comment, pour jouer à un jeu appelé « Mr. Smith est-il chez lui ? », il avait dû mettre sa tête dans un sac et permettre à la jeune génération de le pousser avec des bâtons, il avait tenu tout le fumoir en haleine. Dans un endroit comme Totleigh où, même les jours normaux, la vie humaine était toujours en danger, on pouvait s'attendre aux pires excès. Les quelques aperçus que j'avais eus des jeunes dégénérés de la région m'avaient révélé leurs qualités et je me doutais qu'un homme qui sait ce qui est bon pour lui devait les éviter à tout prix.

— Je vais prendre la voiture, aller à Brinkley et me faire inviter à déjeuner par Oncle Tom. Vous m'accompagnez, j'espère ?

— Je crains que ce ne soit impossible, Monsieur. J'ai promis d'assister Mr. Butterfield pour le thé.

— Alors vous me raconterez.

— Très bien, Monsieur.

— Si vous survivez.

— Précisément, Monsieur.

La route fut agréable jusqu'à Brinkley, où j'arrivai en avance pour l'heure du déjeuner. Tante Dahlia n'était pas là, ayant, comme annoncé, été passer la journée à Londres, et Oncle Tom et moi étions seuls pour tester les meilleures recettes d'Anatole. Entre le *suprême de foie gras au champagne** et la *neige aux perles des Alpes**, je lui relatai les faits concernant la statuette d'ambre. Son soulagement d'apprendre que Pop Bassett n'avait pas eu pour cinq livres un objet d'art qui en valait mille fut si profond et les choses qu'il dit sur le susnommé Bassett si douces à mon oreille, qu'au moment où je repartis mon humeur noire s'était sensiblement améliorée et l'optimisme régnait à nouveau.

Après tout, me disais-je, ce n'était pas comme si Madeline Bassett pouvait surveiller continuellement Gussie. Bientôt, il rentrerait à Londres et il pourrait enfourner des bœufs et des moutons à s'en faire éclater l'estomac, sans qu'un mot de ses activités n'arrive aux oreilles de l'intéressée. Cela aurait pour effet de le rendre à nouveau doux et tendre. Il lui écrirait des lettres passionnées qui dureraient jusqu'à la fin de sa période végétarienne, quand elle déciderait de collectionner des timbres ou autre chose. Je connais le beau sexe et ses enthousiasmes soudains ! Ils les rendent folles un moment, mais elles en ont vite assez et se mettent à penser à autre chose. Ma tante Agatha a décidé un jour de se lancer dans la politique, mais il lui a suffi de quelques meetings pour comprendre qu'elle ferait mieux de retourner à sa broderie et elle a tout arrêté.

J'avais donc retrouvé ma tranquillité quand je jetai l'ancre à Totleigh Towers. J'allai faire mon habituelle visite à ma chambre et, au bout de quelques minutes, Jeeves m'y rejoignit.

— Je vous ai vu arriver, Monsieur, dit-il, et j'ai pensé que vous aimeriez un rafraîchissement.

Je lui assurai que son intuition n'était pas en défaut et il dit qu'il m'apportait immédiatement un whisky-soda.

— J'espère que vous avez trouvé Mr. Travers en bonne santé, Monsieur.

Je pus le rassurer là-dessus.

— Il n'allait pas fort quand j'ai débarqué, mais au reçu de mes nouvelles sur le vous-savez-quoi, il s'est épanoui comme une fleur. Vous auriez aimé entendre ce qu'il a dit de Pop Bassett. À propos de Pop Bassett, comment s'est passée la fête de l'école ?

— Je pense que l'élément juvénile a apprécié les festivités, Monsieur.

— Et vous ?

— Monsieur ?

— Vous n'avez pas eu de problèmes ? Ils ne vous ont pas mis la tête dans un sac pour vous taper à coups de bâton ?

— Non, Monsieur. Mon rôle dans les événements de cet après-midi s'est borné à aider pour le thé.

— Vous en parlez légèrement, Jeeves. Je sais quels sombres accidents peuvent survenir pendant le thé dans une fête d'école.

— C'est bizarre que vous disiez cela, Monsieur, car c'est pendant le thé qu'un individu a jeté un œuf dur à la tête de Sir Watkyn.

— Il l'a touché ?

— Sur la pommette gauche, Monsieur. C'est très dommage, Monsieur.

Je ne pus souscrire à ça.

— Je ne sais pas pourquoi vous dites « dommage ». À mon avis, c'est la meilleure chose qui ait pu arriver. La première fois que j'ai posé les yeux sur Pop Bassett, dans le pittoresque environnement du tribunal de police de Bosher Street, je me rappelle avoir pensé que c'était un homme qui méritait qu'on lui jette des œufs durs. Avec moi, en cette occasion, il y avait une dame, accusée d'ivresse, de désordre et de résistance aux forces de l'ordre. Eh bien, à l'annonce de sa sentence, elle lui a jeté sa bottine, mais elle a mal visé et n'a atteint que le bureau. Comment s'appelle le lanceur ?

— Je ne saurais dire, Monsieur. Son action a été anonyme.

— Dommage. J'aurais voulu le récompenser en envoyant des chameaux, des paons et de l'ivoire à son domicile. Avez-vous vu Gussie, cet après-midi ?

— Oui, Monsieur. Mr. Fink-Nottle, à la demande de Miss Bassett, a joué un grand rôle dans les réjouissances, et a été, j'ai le regret de le dire, quelque peu malmené par les jeunes écoliers. Entre autres vicissitudes, un enfant lui a collé sa sucette dans les cheveux.

— Il a dû être mécontent. Il prend grand soin de ses cheveux.

— Oui, Monsieur. Il était visiblement exaspéré. Il a décollé la confiserie et l'a jetée loin de lui avec une certaine puissance, et, malheureusement, elle a heurté le chien de Miss Byng sur la truffe. Vexé par ce qu'il a pris pour une attaque non provoquée, l'animal a mordu Mr. Fink-Nottle à la jambe.

— Pauvre vieux Gussie !

— Oui, Monsieur.

— Enfin ! Dans la vie chacun a ses ennuis.

— Précisément, Monsieur. Je vais chercher votre whisky-soda.

Il était à peine sorti que Gussie entra, boitillant un peu, mais sans autre séquelle de ce que Jeeves avait appelé ses vicissitudes. En fait, il semblait plutôt en meilleure forme que d'habitude, et je me souviens que l'expression « la race du bouledogue » me traversa l'esprit. Si Gussie était un exemple de la force et du courage du jeune Britannique, il semblait que l'avenir de la patrie était en de bonnes mains. Peu de nations peuvent produire des fils capables de sourire, comme il le faisait, si peu de temps après avoir été mordus par des terriers d'Aberdeen.

— Te voilà, Bertie, dit-il. Jeeves m'a appris que tu étais rentré. Je viens t'emprunter des cigarettes.

— Sers-toi.

— Merci, dit-il en remplissant son étui. Je vais me promener avec Emerald Stoker.

— Tu quoi ?

— Ou canoter sur la rivière, comme elle préférera.

— Mais, Gussie...

— Oh ! Pendant que j'y pense, Pinker te cherche. Il veut te voir et il dit que c'est important.

— Ne t'occupe pas de Putois. Tu ne peux pas emmener Emerald se promener.

— Je ne peux pas ? Regarde !

— Mais...

— Désolé, pas le temps de te parler. Je ne veux pas la faire attendre. Au revoir, il faut que j'y aille.

Il me laissa plongé dans mes pensées. Pas des pensées agréables ! Je pense avoir suffisamment expliqué, même pour les moins intelligents, que mon avenir tout entier dépendait du fait qu'Augustus Fink-Nottle prît la voie étroite et rectiligne, et n'allât pas courir le guilledou. Je ne pouvais m'empêcher de penser qu'en partant se promener avec Emerald Stoker, il sortait de la voie étroite et rectiligne et s'en allait, en quelque sorte, courir le susdit. C'était, j'en étais persuadé, ce qu'en penserait Madeline Bassett, déjà si facilement excitée par les couchers de soleil et les saintes damoiselles. Il n'est pas excessif de dire que, quand Jeeves revint avec mon whisky-soda, j'étais dans un tel état que je tremblais sur mes bases.

J'aurais aimé le mettre au courant des derniers développements mais, comme je me plais à le répéter, il y a des choses dont on ne discute pas avec la domesticité, je me contentai donc de tremper mes lèvres dans le breuvage revigorant en lui disant que la visite de Gussie m'avait fait bien plaisir.

— Il m'a annoncé que Putois Pinker veut me voir pour je ne sais quoi.

— Certainement en référence avec l'épisode de Sir Watkyn et de l'œuf dur, Monsieur.

— Ne me dites pas que c'est Putois qui l'a lancé.

— Non, Monsieur, on croit que le coupable est un adolescent. Mais l'acte impulsif de ce jeune homme a eu une conséquence malheureuse. Maintenant, Sir Watkyn doute qu'il soit sage de confier une cure à un vicaire incapable de maintenir l'ordre dans une fête d'école. En me transmettant cette information, Miss Byng semblait fort déprimée. Elle avait supposé, je cite ses paroles, que l'affaire était dans le sac, et elle est maintenant très perturbée.

J'asséchai mon verre et allumai une clope déprimée. Totleigh Towers prenait le chemin de me rendre cynique.

— Il y a un sort sur cette maison, Jeeves. On n'y voit que des espoirs brisés et des bonheurs pulvérisés. Plus tôt nous serons sortis d'ici, mieux ça vaudra. Je me demande si nous ne pourrions pas...

J'allais ajouter « faire notre sortie dès ce soir », mais, à ce moment, la porte s'ouvrit à la volée et Spode s'engouffra dans la chambre, arrêtant mes paroles sur mes lèvres, et me faisant hausser un sourcil ou deux. Cette habitude de surgir partout comme un diable d'une boîte commençait à me porter sur les nerfs, et, si j'avais pu trouver quelque chose à dire, il m'aurait entendu ! Mais, à court de mots frappants, je m'affublai du masque de l'hôte parfait et lui dis suavement :

— Spode, entrez donc et prenez quelque siège.

J'étais sur le point d'ajouter que la chambre de Wooster lui était toujours ouverte, quand il m'interrompit avec cette brutalité grossière qui est la caractéristique principale des gorilles humains. Roderick Spode a peut-être ses mérites, bien que je ne lui en aie jamais trouvé aucun, mais son plus chaud admirateur ne pourrait pas le décrire comme aimable.

CHAPITRE XIV

— Avez-vous vu Fink-Nottle ? dit-il.
Je n'aimais ni son air ni la façon dont il parlait. Je notai que ses lèvres étaient tordues et que ses yeux brillaient de ce qu'on appelle, je crois, une lueur sinistre. Il me sembla évident qu'il ne cherchait pas Gussie en toute amitié, donc j'altérai légèrement la vérité, comme l'eût fait tout homme un peu prudent en cette occasion.
— Je suis désolé, non. Je viens de rentrer de chez mon oncle qui habite le Worcestershire. Une affaire de famille urgente m'avait appelé auprès de lui et j'ai dû aller m'en occuper, ce qui m'a fait, malheureusement, manquer la fête de l'école. À mon grand regret. Vous n'avez pas vu Gussie, n'est-ce pas, Jeeves ?
Il ne répondit pas, peut-être parce qu'il n'était pas là. Il se glisse généralement dehors très discrètement quand le jeune maître reçoit des gens de qualité, et vous ne le voyez jamais partir. Il s'évapore, c'est tout.
— Vous vouliez le voir pour quelque chose d'important ?
— Je veux lui briser le cou.
Mes sourcils, qui étaient revenus à leur position normale, se levèrent à nouveau. Et, si je me souviens bien, mes lèvres se retroussèrent.
— Vraiment, Spode ! Cela devient un peu lassant ! Il n'y a pas si longtemps, vous aviez dans l'idée de briser le mien. Je crois que vous devriez surveiller ce besoin de

brisage de cou, et essayer d'en réduire l'habitude avant d'en devenir esclave. Vous vous dites sans doute que vous pouvez arrêter quand vous voudrez, mais prenez garde au danger de l'accoutumance. Pourquoi voulez-vous briser le cou de Gussie ?

Il grinça des dents. Enfin, c'est ce que je crois qu'il fit. Il resta silencieux un moment puis, bien qu'il n'y ait personne à part moi à portée d'oreille, il baissa la voix.

— Je peux vous parler franchement, Wooster, parce que, vous aussi, vous en êtes amoureux.

— Hein ? Qui ? demandai-je.

Je pense que j'aurais dû dire « de qui », mais cela ne me vint pas à ce moment-là.

— Madeline, bien sûr !

— Oh, Madeline ?

— Comme je vous le disais, je l'ai toujours aimée, et son bonheur est mon vœu le plus cher. Elle est tout pour moi. Pour lui donner un moment de joie, je me couperais en morceaux.

Je ne comprenais pas, mais, avant que j'aie pu demander si vraiment les filles aimaient voir les gens se couper en morceaux, il avait repris :

— Ce fut un grand choc quand elle se fiança à Fink-Nottle, mais j'acceptai la situation car je pensais que son bonheur se trouvait là. Bien qu'anéanti, je gardai le silence.

— Superbe !

— Je ne dis rien qui pût lui donner le moindre soupçon sur mes sentiments.

— Admirable !

— Il me suffisait qu'elle soit heureuse. Rien d'autre n'importait. Mais, quand je m'aperçois que Fink-Nottle est un libertin...

— Qui ? Gussie ? fis-je, surpris. C'est bien le dernier auquel j'aurais donné ce label. Pur comme l'agneau qui vient de naître, aurais-je dit, sinon plus pur. Qu'est-ce qui vous fait penser que Gussie est un libertin ?

— Le fait qu'il y a moins de dix minutes je l'ai vu

embrasser la cuisinière ! gronda Spode entre ses dents qui, cette fois, grinçaient, je suis affirmatif.

Puis il plongea vers la porte et disparut.

Je ne saurais dire combien de temps je restai là, immobile comme la poupée d'un ventriloque quand le ventriloque est parti au pub en la laissant seule. Probablement pas si longtemps que ça car, quand la vie revint dans mes membres rigides, et que je m'empressai vers les grands espaces pour essayer de trouver Gussie afin de le prévenir qu'une dépression porteuse d'orage se dirigeait vers lui à la vitesse grand V, Spode était encore en vue. Il disparaissait dans une direction nord-nord-est, aussi, ne voulant pas frayer de nouveau avec lui tant qu'il était dans ce qu'on pourrait appeler une humeur difficile, je partis sud-sud-ouest. Je n'aurais pu mieux choisir. Il y avait par là une allée d'ifs ou de rhododendrons, ou de quelque chose dans ce genre, et, quand j'y entrai, je vis Gussie. Il se tenait debout dans une sorte de transe, et son immobilité, alors qu'il aurait dû courir comme un lapin, me donna un choc et ajouta de l'emphase au « Hep ! » par lequel je l'accostai.

Il se tourna et je vis qu'il était encore plus remonté que quand je l'avais vu la dernière fois. Ses yeux, derrière ses lunettes d'écaille, resplendissaient d'une vive lumière et un sourire parait ses lèvres. Il avait l'air d'un poisson qui vient juste d'apprendre que son oncle d'Amérique a cassé sa pipe et lui laisse sa fortune.

— Ah, Bertie, dit-il. Nous avons décidé d'aller nous promener, pas canoter. Nous avons pensé qu'il ferait un peu trop frais sur l'eau. Quelle belle soirée, ne trouves-tu pas, Bertie ?

Je ne pouvais pas voir les choses comme lui.

— Moi, ça ne m'a pas frappé.

Il sembla surpris.

— Pourquoi trouves-tu que ce n'est pas une belle soirée ?

— Je vais te le dire. Qu'est-ce que c'est que cette histoire avec Emerald Stoker ? Il paraît que tu l'as embrassée. C'est vrai ?

L'expression d'Éveil de l'Âme s'intensifia sur son visage. Devant mes yeux révoltés, Gussie Fink-Nottle sourit d'un air béat.

— Oui, Bertie, je l'ai embrassée et je le referai, même si c'est la dernière chose que je doive faire ! Quelle fille, Bertie ! Si douce, si sympathique ! Elle correspond absolument à mon idée de la femme vraiment féminine, et il n'y en a plus beaucoup de nos jours. Quand j'étais dans ta chambre, je n'ai pas eu le temps de te raconter ce qui est arrivé à la fête de l'école.

— Jeeves me l'a dit. Bartholomew t'a mordu.

— Et c'est bien ça. La sale bête m'a mordu jusqu'à l'os. Et sais-tu ce qu'a fait Emerald Stoker ? Non seulement elle m'a réconforté comme une mère consolant son enfant chéri, mais elle a soigné ma jambe lacérée. C'est un ange du ciel, la chose la plus proche de Florence Nightingale que tu puisses trouver. C'est peu après qu'elle m'eut consolé et pansé que je l'ai embrassée.

— Tu n'aurais pas dû l'embrasser.

À nouveau, il se montra surpris. Il avait pensé, dit-il, que c'était une bonne idée.

— Mais tu es fiancé à Madeline.

J'espérais, avec ces mots, faire démarrer sa conscience comme une douze cylindres, mais quelque chose sembla coincer dans le démarreur, car il resta aussi calme que le poisson sur la glace auquel il ressemblait tant.

— Ah, Madeline, dit-il. J'allais parler de Madeline. Je vais te dire ce qui ne va pas chez Madeline Bassett. Elle n'a pas de cœur. Elle est ravissante, mais elle n'a rien là, ajouta-t-il en frappant le côté gauche de sa poitrine. Sais-tu comment elle a réagi à cette grave blessure de ma chair ? Elle a épousé la cause de Bartholomew. Elle a dit que tout était ma faute. Elle m'a accusé d'avoir excité ce bâtard. En un mot, elle s'est conduite comme une teigne. Quelle différence avec Emerald Stoker ! Tu sais ce qu'Emerald Stoker a fait ?

— Tu viens de me le raconter.

— Je veux dire en plus de panser ma plaie. Elle est allée à la cuisine et m'a préparé des sandwiches. Je les ai ici, dit Gussie, exhibant un gros paquet qu'il considérait avec émotion. Au jambon... ajouta-t-il d'une voix étranglée. Elle les a faits pour moi de ses propres mains, et je crois que c'est sa prévenance plus encore que sa sympathie qui m'a révélé qu'elle est la seule femme de ma vie. Les écailles sont tombées de mes yeux, et j'ai vu que ce que je croyais ressentir pour Madeline n'était qu'un emballement enfantin. Ce que je ressens pour Emerald Stoker est un sentiment vrai. Pour moi, elle est unique, et tu me ferais plaisir d'arrêter d'aller dire partout qu'elle ressemble à un pékinois.

— Mais, Gussie...

Il me fit taire en brandissant impérieusement ses sandwiches au jambon.

— Il ne sert à rien de dire « Mais, Gussie ». L'ennui, avec toi, Bertie, c'est que tu ne sais pas ce qu'est le véritable amour. Tu n'es qu'un papillon qui butine de fleur en fleur, comme Freddie Widgeon et tous ces idiots dont le *Drones* est rempli. Une fille, pour toi, ce n'est qu'une heure de plaisir, et la grande passion t'est étrangère. Je suis différent. J'ai de la profondeur. Je suis de la race de ceux qui se marient.

— Mais tu ne peux pas épouser Emerald Stoker.

— Pourquoi pas ? Nous sommes deux âmes sœurs.

Je songeai un moment à lui dresser un portrait rapide du vieux Stoker, pour lui montrer quelle sorte de beau-père il allait gagner s'il persévérait dans son projet, mais je laissai tomber. La raison me dit qu'un type qui s'attendait depuis des mois à tirer Pop Bassett comme beau-père n'allait pas être ébranlé par un tel argument. Stoker pourrait même lui sembler une amélioration.

Je restai là, décontenancé, et j'étais toujours là, décontenancé, quand j'entendis qu'on criait mon nom, et, levant les yeux, je vis arriver Putois et Stiffy. Ils me faisaient des signes en brandissant des choses, et je pensai qu'ils venaient me parler de l'histoire de Sir Watkyn et l'œuf dur.

Une interruption était bien la dernière chose dont j'avais envie à ce point crucial de mes affaires, car j'avais besoin de concentrer toutes mes facultés pour raisonner Gussie et lui montrer la lumière, mais il est bien connu que, quand un ami en détresse fait appel à lui, Bertram Wooster oublie son propre intérêt. Quels que soient ses engagements antérieurs, l'ami en détresse n'a qu'à se montrer, et il est tout à lui. Avec un mot à Gussie pour l'avertir que je reviendrais bientôt reprendre cette conversation, je me hâtai vers Putois et Stiffy.

— Parlez rapidement, dis-je. Je suis en conférence. Trop long à vous expliquer, mais la situation est grave. Comme l'est la vôtre, selon Jeeves. D'après ce qu'il m'a dit, j'ai cru comprendre que la cote en faveur d'une cure pour Putois a sérieusement baissé. Il m'a donné à entendre qu'il n'y a plus rien à attendre de la part de Pop Bassett. C'est vraiment dommage.

— Bien sûr, on peut comprendre le point de vue de Sir Bassett, dit Putois, qui, s'il était incapable de traverser une pièce sans renverser les meubles, était toujours trop tolérant dans son attitude envers l'espèce humaine. Il pense que si j'avais plus vigoureusement expliqué aux enfants du catéchisme la distinction entre le bien et le mal, cette chose ne serait pas arrivée.

— Je ne vois pas pourquoi, dit Stiffy.

Je ne le voyais pas non plus. À mon avis, toutes les leçons de catéchisme du monde ne suffiraient pas à enseigner à un enfant en pleine croissance de ne pas jeter d'œufs durs sur Sir Watkyn Bassett.

— Mais je n'y peux rien, n'est-ce pas ? dis-je.

— Bien sûr que si, répliqua Stiffy. Nous n'avons pas perdu tout espoir de l'adoucir. Il faut laisser son système nerveux reprendre doucement son équilibre. C'est pourquoi nous venons te voir, Bertie. Pour te dire de ne pas traîner près de lui avant qu'il ait eu le temps de se remettre. Laisse-le tranquille. Ta seule vue lui fait quelque chose.

— Et sa vue me fait quelque chose aussi, répondis-je avec chaleur.

J'étais blessé qu'on pût suggérer que je n'avais rien de mieux à faire que de fraterniser avec des magistrats en retraite.

— Certainement que j'éviterai sa compagnie. Tout le plaisir sera pour moi. C'est tout ?

— C'est tout.

— Alors je retourne à Gussie, dis-je en commençant à me détourner, quand Stiffy poussa un couinement aigu.

— Gussie ! Ça me rappelle qu'il y a quelque chose que je veux lui dire. Je ne sais pas comment j'ai pu oublier. Gussie ! appela-t-elle, et Gussie, semblant s'éveiller d'un rêve, cligna des yeux et s'approcha. Qu'est-ce que tu fais par ici, Gussie ?

— Moi ? Je discutais de quelque chose avec Bertie, et il a dit qu'il allait revenir, quand il pourrait, pour continuer.

— Eh bien, laisse-moi te préciser que tu n'as pas le temps de discuter avec Bertie.

— Hein ?

— Ni de dire « Hein ? ». Je viens de rencontrer Roderick, et il m'a demandé si je savais où tu étais, parce qu'il veut t'écarteler membre après membre depuis qu'il t'a vu embrasser la cuisinière.

La mâchoire inférieure de Gussie tomba avec un bruit sourd.

— Tu ne m'avais pas raconté ça ! me lança-t-il, et je sentis dans sa voix comme une note de reproche.

— Non, désolé, j'ai oublié d'en parler. Mais c'est vrai. Tu ferais mieux de démarrer. Courir comme un lièvre, voilà ma devise.

Il obéit. Il n'attendit pas l'ordre du starter, il partit comme un coup de fusil et aurait fait un temps excellent s'il ne s'était pas cogné dans Spode qui entrait par la gauche.

CHAPITRE XV

Il est toujours déconcertant de prendre un type, même aussi petit que Gussie, dans le diaphragme. Je peux moi-même en témoigner, car j'ai eu une expérience similaire à Washington Square, durant ma visite à New York. Washington Square est merveilleusement pourvu d'enfants italiens aux yeux tristes qui zigzaguent en patins à roulettes, et l'un d'eux, se déplaçant dans cet appareil, m'a tamponné à la hauteur du troisième bouton de mon gilet à je ne sais combien de kilomètres à l'heure. Cela m'a donné un sentiment étrange de « où suis-je ? », et j'imagine que les sensations de Spode étaient sensiblement les mêmes. Son souffle lui échappa avec un « Ouf ! » rapide, et il chancela comme un arbre sous la cognée du bûcheron. Mais, malheureusement, Gussie s'était arrêté dans l'action, ce qui donna à Spode le temps de se remettre et de reprendre des forces. Tendant une main de la taille d'un jambon, il l'attacha au col de Gussie et dit :

— Ah !

« Ah ! » est un de ces mots auxquels il n'est jamais facile de trouver une réponse — à cet égard, il ressemble assez à « Vous ! » —, mais Gussie n'eut pas à chercher ses mots, car il était secoué comme un cocktail dans un shaker d'une manière qui prévenait toute parole, si prévenir est bien le verbe qui convient. Il perdit ses lunettes qui tombèrent à mes pieds. Je les ramassai, dans le but de les lui rendre quand il en aurait besoin, ce qui, d'après ce que je voyais, n'arriverait pas dans l'immédiat.

Comme ce Fink-Nottle était un ami d'enfance avec qui, vous le savez déjà, j'avais fréquemment partagé ma dernière tablette de chocolat au lait, et comme il semblait évident que, si quelqu'un n'intervenait pas rapidement, il était en danger de retrouver ses organes internes sous forme de macédoine ou de hachis, la pensée me vint naturellement de prendre des mesures pour faire cesser cette scène déprimante. Le principal problème étant, bien entendu, de savoir quelles mesures je pouvais prendre. Mon tonnage était tout à fait insuffisant pour me permettre de défier Spode d'homme à homme, et je jouai avec l'idée de le frapper sur la nuque avec une bûche. Mais ce projet fut rendu nul et non avenu par le fait qu'il n'y avait pas de bûche dans les environs. Les allées d'ifs ou de rhododendrons fournissent force brindilles et feuilles mortes, mais aucune bûche propre à être utilisée comme matraque. Je venais de décider que je pouvais arriver à quelque chose en sautant sur le dos de Spode pour lui serrer le cou avec mes bras, quand j'entendis Stiffy crier :

— Harold !

On comprendra son intention. Elle n'aimait pas particulièrement Gussie, mais c'était une jeune fille au cœur tendre qui se plaisait toujours à sauver la vie des créatures de Dieu, quand c'était possible. Elle appelait donc Putois à agir pour sauver celle de Gussie. En le regardant, je vis qu'il ne savait pas comment s'y prendre. Il restait là, à se caresser le menton, comme le chat du proverbe.

Je savais ce qui l'empêchait d'agir. Ce n'était pas... j'ai le mot sur le bout de la langue... ça commence par un *p*... j'ai entendu Jeeves l'utiliser... pusillanimité, voilà ! qui veut dire en gros qu'un type souffre d'un grave accès de trouille... Ce n'était pas, disais-je avant de m'interrompre, la pusillanimité qui le retenait. Dans des conditions normales, il en aurait même remontré aux lions, et, s'il avait rencontré Spode sur un terrain de rugby, il n'aurait nullement hésité à lui sauter dessus pour en faire un nœud. L'ennui, c'était qu'il était vicaire, et que les gros bonnets de l'Église voient d'un mauvais œil les vicaires qui rossent les paroissiens. Cognez vos ouailles et vous êtes fichu ! Alors, il hésitait à intervenir, et, quand il intervint, ce fut seulement avec des mots suaves qui étaient censés calmer les esprits.

— Ma parole, vous savez, quoi ? dit-il.

J'aurais pu lui dire qu'il approchait le problème sous un mauvais angle. Quand un gorille comme Spode se laisse emporter par la passion, il n'y a que peu, sinon pas, de place pour une douce remontrance. Semblant s'en apercevoir, il s'avança vers l'endroit où le fou furieux était maintenant, apparemment, en train d'étrangler Gussie, et posa une main sur son épaule. Voyant qu'il n'obtenait toujours aucun résultat, il tira. Il y eut un bruit de déchirure, et la main relâcha son étreinte.

Je ne sais pas si vous avez jamais essayé de faire lâcher sa proie à un léopard des neiges de l'Himalaya, probablement pas, car peu de gens en ont eu l'occasion, mais, si vous l'avez jamais fait, vous vous êtes sûrement attendu à un geste de mécontentement de la part de l'animal. Ce fut pareil avec Spode. Furieux de ce qui lui semblait, sans doute, une immixtion intolérable entre lui et sa cible, il cogna Putois sur le nez. Alors, tous les doutes qui avaient assailli l'homme de Dieu s'évanouirent.

J'imagine aisément que, si quelque chose peut faire oublier à un type qu'il est dans les saints ordres, c'est bien un horion sur le pif ! Un moment avant, Putois était inquiet de l'opinion de ses supérieurs, maintenant, je lisais dans son esprit : « Au diable mes supérieurs ! (ou ce qu'un vicaire se dit dans ces cas-là) Allons-y ! »

Ce fut un superbe spectacle tant qu'il dura, et j'ai compris ce que veulent dire les gens qui parlent de l'Église militante. À mon grand regret, il fut de courte durée. Spode était plein de volonté de vaincre, mais Putois avait la science. Ce n'était pas pour rien qu'il avait fait de la boxe en plus du rugby, quand nous étions à notre vieille Alma Mater. Il y eut une brève mêlée, et la chose suivante que je pus voir, c'était Spode sur le sol, ressemblant à un cadavre ayant séjourné plusieurs jours dans l'eau. Son œil gauche enflait visiblement, et un arbitre aurait pu compter jusqu'à cent sans obtenir de réponse.

Stiffy, avec un bref « Bravo ! », emmena Putois, sans doute pour lui bassiner le nez et étancher le saignement, qui était considérable, et je tendis ses lunettes à Gussie. Il les tritura, titubant, dans une sorte de transe, et je lui fis une suggestion qui me semblait aller dans le sens de son intérêt.

— Je ne veux pas te bousculer, Gussie, mais ne penses-tu pas que tu devrais t'éloigner de Spode avant qu'il ne se réveille ? D'après ce que je sais de lui, il doit avoir le réveil mauvais.

J'ai rarement vu quelqu'un bouger plus vite. Nous étions hors de l'allée d'ifs, si c'était bien une allée d'ifs, ou de rhododendrons, si c'était plutôt ça, avant que les mots aient quitté mes lèvres. Nous continuâmes d'un bon pas, avant de pouvoir commenter la scène récente.

— Quelle expérience épouvantable, Bertie ! dit Gussie.

— Ça n'a pas dû être très agréable, approuvai-je.

— Toute ma vie est passée devant mes yeux.

— Bizarre, tu n'étais pas en train de te noyer.

— Non, mais le principe est le même. Je peux te dire que je suis rudement content que Pinker ait fait sentir sa présence. Quel splendide combattant !

— Un des meilleurs.

— C'est de ça que l'Église d'aujourd'hui a besoin, des vicaires capables de se remuer pour donner ce qu'ils méritent à des types comme Spode. On se sent en sécurité quand il est dans les environs.

Je fis une remarque qui semblait lui avoir échappé.

— Mais il ne sera pas toujours dans les environs. Il a l'école du dimanche, les réunions des mères, et toutes sortes de choses pour occuper son temps. N'oublie pas que Spode, bien que terrassé, se relèvera.

Sa mâchoire trembla un peu.

— Je n'y pensais pas.

— Si tu veux mon avis, tu devrais filer te cacher un moment. Stiffy pourrait te prêter sa voiture.

— Je crois que tu as raison, dit-il, ajoutant quelque chose à propos de la bouche des enfants et des idiots, que je trouvai un peu vexant. Je pars ce soir.

— Sans dire au revoir.

— Bien sûr, sans dire au revoir. Non, pas par ici, à gauche, je veux aller au jardin potager. Em m'y attend.

— Qui ça ?

— Emerald Stoker. Qui croyais-tu ? Elle doit ramasser des haricots au potager pour le dîner de ce soir.

Elle était là, un saladier dans les mains, vaquant à ses besognes ménagères.

— Em, voilà Bertie, dit Gussie, et elle se retourna, éparpillant quelques haricots.

Je fus ennuyé de voir combien chacune de ses taches de rousseur s'allumait quand elle le regardait, comme si elle voyait quelque vision adorable, ce qui était loin d'être le cas. Un bref « Salut, Bertie » lui parut suffire, son attention étant uniquement concentrée sur Gussie. Elle le couvait des yeux comme une mère son enfant chéri qui revient à la maison après une bagarre avec un copain d'école. J'avais été trop agité jusque-là pour remarquer combien son apparence avait souffert de sa rencontre avec Spode, mais je voyais maintenant qu'il avait l'air d'être passé sous un rouleau compresseur.

— Mais qu'est-ce qui t'est arrivé ? interjecta-t-elle, si c'est bien le mot que je cherche. Tu as l'air d'une zone dévastée.

— Inévitable, vu les circonstances, dis-je. Il a eu des mots avec Spode.

— C'est l'homme dont tu m'as parlé ? Le gorille humain ?

— C'est lui.

— Qu'est-ce qui s'est passé ?

— Spode a essayé de l'étriper.

— Mon pauvre agneau précieux, dit-elle, à Gussie,

pas à moi. Je voudrais le tenir une minute ! Je lui apprendrais !

Et, par une bizarre coïncidence, son souhait fut exaucé. Un craquement, semblable au fracas d'une horde d'hippopotames écrasant les roseaux en direction de la rivière, attira mon attention, et je vis Spode, fonçant à cent à l'heure, dans l'intention évidente de reprendre au plus tôt son enquête sur la couleur des intestins de Gussie, enquête que l'intervention de Putois l'avait empêché de mener à bien. J'avais eu raison de prédire que cette menace, bien que couchée à terre, pouvait se relever.

Je trouvai à l'arrivant une forte ressemblance avec les Assyriens qui, comme nous le disent des sources bien informées, se ruaient comme des hordes de loups, en cohortes éblouissantes de pourpre et d'or. S'il s'était présenté parmi eux, ils auraient déroulé le tapis rouge, le reconnaissant instantanément pour l'un des leurs.

Mais les Assyriens n'avaient jamais trouvé sur leur route une jeune fille maternelle, aux poings solides, un saladier dans les mains. Ce saladier devait être d'une faïence particulièrement dure car, lorsque Spode attrapa Gussie et commença, comme de coutume, à le secouer, il lui heurta la nuque avec ce que d'aucuns appellent un bruit sourd, et d'autres un son caverneux. Il se brisa en plusieurs morceaux, mais sa mission était remplie. Spode, dont le pouvoir de résistance avait, sans doute, été entamé par sa récente rencontre avec le révérend H.P. Pinker, s'effondra sur le sol et y resta parfaitement tranquille. Je me rappelle avoir pensé que ce n'était pas son jour de chance, et que cela prouvait, vous voyez, que c'est une erreur grossière que d'être une teigne à forme humaine, ce qu'il était depuis sa naissance, car, tôt ou tard, vous finissez par en être puni. Je me souviens que Jeeves m'avait dit que les meules de Dieu broient lentement, mais elles broient très fin, ou quelque chose de ce genre.

Pendant un instant, Emerald Stoker resta à contempler son œuvre avec un sourire satisfait. Je ne peux la blâmer d'avoir eu l'air un peu vain, car elle avait certainement combattu pour le bon droit. Puis, soudain, avec un « Oh là là ! », elle se mit à ressembler à une nymphe surprise au bain, et, au bout d'un moment, je compris ce qui causait son brusque mouvement. Elle avait vu approcher Madeline Bassett, et une cuisinière n'aime pas avoir à expliquer à son employeur pourquoi elle a coiffé les invités de cet employeur de saladiers en faïence.

Quand les yeux de Madeline tombèrent sur le gisant, ils s'élargirent à la taille de balles de golf et regardèrent Gussie comme s'il avait été un assassin particulièrement déplaisant.

— Qu'est-ce que tu as fait à Roderick ? demanda-t-elle.

— Hein ? fit Gussie.

— J'ai dit : Qu'est-ce que tu as fait à Roderick ?

Gussie ajusta ses lunettes et haussa une épaule.

— Oh, ça ? Je l'ai seulement corrigé. Il ne peut s'en prendre qu'à lui. Il l'a cherché. Il fallait que je lui donne une leçon.

— Tu es une brute !

— Pas du tout. Je lui ai laissé le choix de se retirer. Il aurait dû comprendre quand j'ai enlevé mes lunettes. Quand j'enlève mes lunettes, ceux qui savent ce qui est bon pour eux prennent le maquis.

— Je te hais ! Je te hais ! hurla Madeline.

Une chose que je n'avais jamais entendu dire, sauf dans le deuxième acte d'une comédie musicale.

— Vraiment ? dit Gussie.

— Vraiment. Tu me dégoûtes !

— Alors, dans ce cas, dit Gussie, je peux manger mon sandwich au jambon.

Et il commença à le dévorer avec une allure de loup qui me fit passer un frisson dans la colonne vertébrale.

Madeline poussa un cri aigu.

— Tout est fini ! dit-elle.

Encore une chose qu'on n'entend pas si souvent.

Quand, entre deux cœurs jadis aimants, les choses en sont arrivées là, il est toujours plus prudent, pour l'innocent passant, de disparaître. Ce que je fis. Je repartais vers la maison quand je rencontrai Jeeves, au volant de la voiture de Stiffy. À côté de lui, semblable à un prêcheur écossais fulminant contre le péché, était assis Bartholomew.

— Bonsoir, Monsieur, dit-il (Jeeves, pas Bartholomew). J'ai emmené ce jeune homme chez le vétérinaire. Miss Byng a eu peur parce qu'il a mordu Mr. Fink-Nottle. Elle craignait qu'il n'ait attrapé quelque chose. Je suis heureux de dire que le vétérinaire m'a rassuré sur sa santé.

— Jeeves, dis-je. J'ai quelque chose d'horrible à vous raconter.

— Vraiment, Monsieur ?

— Le luth est muet, dis-je.

Et je le mis, aussi brièvement que possible, en possession des faits. Quand j'eus fini, il admit que c'était très ennuyeux.

— Mais je crains qu'on n'y puisse rien, Monsieur.

Je chancelai. Je suis si habitué à voir Jeeves résoudre tous les problèmes, aussi ardus soient-ils, que la franche confession de son impuissance me sidérait.

— Vous êtes à sec ?

— Oui, Monsieur.

— Perdu ?

— Précisément, Monsieur. Un moyen d'arranger les choses me viendra peut-être dans l'avenir, mais, pour le moment, j'ai le regret de le dire, je ne vois rien. Je suis navré, Monsieur.

Je haussai les épaules. Le fer avait pénétré dans mon cœur, mais je gardai le sourire.

— Très bien, Jeeves. Ce n'est pas votre faute si une telle chose vous laisse sans voix. Allez, Jeeves, dis-je, et il partit.

Le chien Bartholomew me jeta un regard supérieur en s'éloignant, comme s'il se demandait si mon âme était sauvée.

Je revins à ma chambre, le seul endroit dans cette Maison de l'Horreur où je pouvais trouver un peu de paix et de tranquillité, et encore, pas tant que ça. Le rythme féroce de la vie à Totleigh Towers m'avait lessivé et je voulais être seul.

Je suppose que j'étais là depuis une demi-heure, à me demander ce que je pouvais faire, quand, de ce que j'ai entendu Jeeves appeler le bouillonnement de mon cerveau, émergea une pensée cohérente. C'était que si je ne trouvais pas rapidement un verre, j'allais expirer de pépie. C'était l'heure de l'apéritif et je savais que, quels que soient ses nombreux défauts, Sir Watkyn Bassett abreuvait ses hôtes. Bien sûr, j'avais promis à Stiffy d'éviter sa société, mais je n'avais pas supposé qu'une telle urgence pût se présenter. J'avais le choix entre trahir sa confiance et mourir de soif. Je me décidai pour la première branche de l'alternative.

Je trouvai Pop Bassett au salon en compagnie d'un plateau bien garni et me précipitai en me léchant les babines. Dire qu'il avait l'air heureux de me voir serait exagéré, mais il m'offrit un verre salvateur que j'acceptai avec gratitude. Un lourd silence suivit, qui dura environ vingt minutes. Alors que je finissais mon deuxième cocktail et que je repêchais l'olive, Stiffy parut. Elle me lança un regard de reproche où je vis que sa foi dans les promesses de Bertram était compromise à jamais, mais c'est à Pop Bassett qu'elle s'adressa.

— Salut, Oncle Watkyn.
— Bonsoir, ma chère.
— Vous prenez un verre avant le dîner ?
— C'est ça.
— Vous le croyez, répondit Stiffy, mais vous vous trompez. Je vais vous dire pourquoi. Vous n'aurez pas de dîner. La cuisinière s'est enfuie avec Gussie Fink-Nottle.

CHAPITRE XVI

Je me demande si vous avez déjà noté une chose assez particulière : comment la même nouvelle peut affecter deux personnes de manière diamétralement opposée. Vous savez, vous racontez quelque chose à Jones et à Brown, disons, et, tandis que Jones reste là, atterré, à regarder une fissure du parquet, Brown hurle trois hourras et se met à danser la gigue. Et c'est la même chose pour Smith et Robinson. Cela m'a toujours semblé curieux.

Il en était ainsi maintenant. Les récents dialogues échauffés qu'avaient échangés Madeline Bassett et Gussie ne m'avaient pas rendu très optimiste, mais mon cœur, écrasé sous le poids du destin, se raccrochait au faible espoir qu'il restait peut-être une chance. J'essayais de me persuader que leur mutuel amour, bien qu'en ayant pris plein la poire pour un moment, pourrait se relever, et que tout serait oublié. Je veux dire que le remords pourrait les pousser à se rapprocher, avec des « Désolé, j'étais fou » et des « Pourras-tu jamais me pardonner ? ». L'amour, qui était tombé plus bas que terre, pouvait se redresser et redevenir plus fort qu'avant. Bienheureux ceux qui tombent car ils se relèveront, c'est comme ça que dit Jeeves. Mais aux paroles de Stiffy cet espoir s'effondra comme si on l'avait frappé derrière la nuque avec un saladier de faïence plein de haricots, et je me laissai tomber sur ma chaise, ma tête enfouie dans mes mains. J'ai toujours pour politique de voir le bon côté des choses, mais encore faut-il qu'il y ait un bon côté à regarder. Ici, il n'y en avait aucun. Tout, comme aurait dit Madeline Bassett, était fini. J'étais venu dans cette maison en *raisonneur**, pour remettre ces deux jeunes gens ensemble, mais, quelque *raisonneur** que vous soyez, vous ne pouvez pas remettre ensemble deux personnes dont l'une s'est sauvée avec quelqu'un d'autre. Vous n'êtes pas seulement gêné, vous êtes pieds et poings liés. Aussi, disais-je, je m'effondrai sur ma chaise, le visage enfoui dans les mains.

Pour Pop Bassett, en revanche, ce gros titre à la une était une nouvelle bien agréable. Mon visage étant enfoui, je ne pus voir s'il se mettait à danser la gigue, mais je pense que c'est hautement probable car, quand il parla, sa voix était aussi pétulante que possible.

On pouvait, bien sûr, comprendre sa joie. De tous les gendres possibles, Gussie était, avec peut-être une exception pour Bertram, celui qu'il aurait choisi en dernier. Il l'avait toujours regardé sans enthousiasme et, s'il avait vécu à une époque où les pères étaient encore consultés sur le mariage de leurs filles, les bans n'auraient jamais été publiés.

Gussie m'a dit une fois que quand lui, Gussie, lui avait été présenté, à lui, Bassett, comme le type qui allait épouser sa fille, il, Bassett, l'avait regardé, la mâchoire pendante, et avait dit « Quoi ? » d'une voix étranglée. Incrédule, si vous voyez ce que je veux dire, comme s'il espérait qu'on lui faisait une blague et qu'au bon moment le vrai fiancé allait paraître en criant « Poisson d'avril ». Et quand lui, Bassett, avait enfin compris qu'il n'y avait pas d'erreur et que Gussie était vraiment le numéro qu'il avait tiré, il se réfugia dans un coin et resta assis, immobile, refusant de répondre quand on lui adressait la parole. Pas étonnant, alors, que la nouvelle apportée par Stiffy l'ait remonté comme l'Élixir du Docteur Machin, qui agit directement sur les globules rouges et vous donne un coup de fouet.

— Enfui ? éructa-t-il.

— C'est ça.
— Avec la cuisinière ?
— Exactement. La cuisinière. C'est pourquoi je disais que vous n'auriez pas de dîner. Nous devrons nous contenter d'œufs durs. Et encore, s'il en reste après le banquet.

À l'évocation des œufs durs, Pop Bassett frémit un instant, et on voyait bien que ses pensées revenaient au thé sous la tente, mais il était trop heureux pour laisser ces mauvais souvenirs le troubler longtemps. D'un geste de la main il repoussa le dîner comme quelque chose de peu d'importance. Les Bassett, disait ce geste, savaient vivre à la dure s'il le fallait.

— Êtes-vous sûre de votre fait, ma chère ?
— Je les ai rencontrés au moment de leur départ. Gussie a dit qu'il espérait que je ne verrais pas d'inconvénient à ce qu'il emprunte ma voiture.
— Vous l'avez rassuré, j'espère.
— Oh, oui. J'ai répondu : « Très bien, Gussie. Sers-toi. »
— Brave fille. Brave fille. Une excellente réponse. Alors, ils sont vraiment partis ?
— Comme le vent.
— Et ils ont l'intention de se marier ?
— Dès que Gussie aura obtenu une licence spéciale. Il faut s'adresser à l'archevêque de Canterbury, et je me suis laissé dire que la note est plutôt salée.
— De l'argent bien dépensé.
— C'est ce que pense Gussie. Il m'a dit qu'il déposait la cuisinière chez la tante de Bertie avant d'aller à Londres pour s'entendre avec l'archevêque. Il est plein de zèle.

La déclaration extraordinaire que Gussie emmenait Emerald Stoker chez ma tante Dahlia me fit brusquement lever la tête. Je me mis à me demander comment ma chère vieille parente allait prendre cette intrusion, et je me sentis plein de respect pour la profondeur de l'amour de Gussie pour son Em, puisqu'il lui faisait prendre des risques aussi terribles. Tante Dahlia a une forte personnalité et n'éprouve aucune difficulté, quand elle est mécontente, à réduire en quelques minutes l'objet de son ressentiment en bouillie. On raconte que les chasseurs, que, lors de sa grande époque, elle avait l'occasion de réprimander pour avoir passé sur le corps des chiens, n'étaient plus jamais les mêmes et que, pendant des mois, ils demeuraient dans une sorte de stupeur et sursautaient au moindre bruit.

Ma tête étant désormais levée, je pouvais voir Pop Bassett, et je m'aperçus qu'il me considérait d'un œil tellement bienveillant que je ne pouvais croire que c'était ce même ex-magistrat avec lequel j'avais si récemment conversé — si on peut appeler conversation le fait que deux personnes restent assises sur deux chaises pendant vingt minutes sans se dire un seul mot. Il était évident que la joie avait fait de lui l'ami du monde entier, allant même jusqu'à lui permettre de voir Bertram sans frémir. Il ressemblait davantage à un personnage de Dickens qu'à un être humain.

— Votre verre est vide, Mr. Wooster ! s'écria-t-il, plein d'entrain. Puis-je le remplir ?

Je répondis qu'il le pouvait. J'en avais déjà pris deux, ce qui est généralement ma limite, mais, dans l'état où je me trouvais, je sentais qu'un troisième ne pouvait pas faire de mal. En vérité, j'aurais même bien aimé continuer au-delà du troisième. J'ai lu, une fois, l'histoire d'un homme qui buvait vingt-six martinis avant le dîner, et je commençais à me convaincre qu'il n'avait sans doute pas tort.

— Roderick me dit, poursuivit-il aussi jovial que si une de ses blagues avait été accueillie par des rires au tribunal, que la raison qui vous a fait manquer la fête de l'école était une affaire de famille urgente qui vous appelait à Brinkley Court. J'espère que tout s'est bien passé.

— Oh oui, merci.

— Nous avons tous regretté votre absence, mais les affaires avant le plaisir, bien entendu. Comment va votre oncle ? J'espère que vous l'avez trouvé en bonne santé ?

— Oui, excellente.

— Et votre tante ?

— Elle était partie pour Londres.

— Vraiment ? Vous avez certainement été désolé de ne pas la voir. Il y a peu de femmes que j'admire davantage. Si accueillante. Si gaie. Je me suis rarement autant amusé que lors de ma dernière visite chez elle.

Je crois que son exubérance l'aurait poussé à continuer indéfiniment dans la même veine mais, à ce moment, Stiffy sortit du silence pensif où elle était tombée. Elle le regardait d'un œil dubitatif, comme si elle hésitait à dire quelque chose, puis elle se décida soudain.

— Je suis heureuse de vous voir de bonne humeur, Oncle Watkyn. Je craignais que cette nouvelle ne vous déprime.

— Déprimer ! dit Pop Bassett, incrédule. Qu'est-ce qui t'a mis cette idée en tête ?

— Vous n'avez plus de gendre.

— C'est précisément ce qui rend ce jour le plus heureux de ma vie !

— Alors, faites-en aussi le plus heureux de la mienne, dit Stiffy, battant le fer pendant qu'il était chaud. Donnez sa cure à Harold.

Toute mon attention étant, comme vous l'imaginez, concentrée sur la panade où je me trouvais, je ne saurais dire si Pop Bassett hésita, mais s'il le fit, ce ne fut qu'un instant. La vision de l'œuf dur se dressa sans doute durant une seconde devant lui, et il se souvint de son ressentiment contre Putois qui n'avait pas su garder une main ferme sur ses jeunes ouailles, mais la pensée qu'Augustus Fink-Nottle ne serait pas son gendre lui fit oublier les errements du vicaire. Nourri du lait de la bonté humaine, il ne pouvait rien refuser à quiconque. Je crois même que si, en cet instant, j'avais essayé de le taper de cinq livres, il s'en serait séparé sans un soupir.

— Bien sûr, bien sûr, bien sûr, dit-il, chantant comme l'alouette de Jeeves. Je suis sûr que Pinker sera un excellent curé.

— Le meilleur, dit Stiffy. Il perd son temps comme

vicaire. C'est au-dessous de sa compétence. Faites-le curé, et il sera dans son élément.

— J'ai toujours eu une haute opinion d'Harold Pinker.

— Ça ne m'étonne pas. Tous les paroissiens aussi, ils savent ce qu'il vaut. Très fort en doctrine. Il prêche comme un orateur.

— Oui. J'aime ses sermons. Virils et droits.

— C'est parce que c'est un sportif. Un chrétien musclé, voilà ce qu'il est. Il a joué au rugby pour l'Angleterre.

— Vraiment ?

— Il était ce qu'ils appellent première ligne.

— Réellement ?

Aux mots « première ligne », bien sûr, je sursautai visiblement. Je n'avais jamais su ce qu'était Putois et je songeai à quel point la vie peut se montrer ironique. Je veux dire que Plank cherchait partout une ligne de cette nature, presque prêt à abandonner sa quête, et j'étais capable de lui en procurer une, mais, étant donné l'état de nos relations, je ne pouvais pas lui en parler. Très triste. La pensée m'effleura, comme souvent, qu'il faut être bon même avec le plus humble, car on ne sait jamais ce qui peut arriver et qui peut vous être utile.

— Alors, je peux dire à Harold qu'il a la balle ?

— Pardon ?

— Je veux dire, c'est officiel, pour la cure ?

— Certainement, certainement, certainement.

— Oh ! Oncle Watkyn, comment puis-je vous remercier ?

— Ce n'est rien, mon enfant, dit Pop Bassett, plus dickensien que jamais. Et maintenant, ajouta-t-il en larguant les amarres et se dirigeant vers la porte, veuillez m'excuser, Stephanie et Mr. Wooster, mais je dois aller voir Madeline et...

— La féliciter ?

— J'allais dire, sécher ses pleurs.

— Si elle en verse.

— Vous pensez qu'elle n'est pas désespérée ?

— Comment une fille, sauvée par miracle du mariage avec Gussie, le serait-elle ?

— C'est vrai, très vrai, dit Pop Bassett, et il sortit comme un de ces trois-quarts ailes qui, même s'ils ne savent pas faire de passes sautées, sont très rapides.

S'il y avait eu un doute sur le fait que Sir Watkyn Bassett eût ou non dansé la gigue, il est sûr que Stiffy se mit incontinent à exécuter une danse sauvage. Elle pirouettait, légère, et, si elle ne jetait pas des pétales de rose, c'est qu'elle n'en avait pas sous la main. J'ai rarement vu une péronnelle d'aussi bonne humeur. Comme j'avais à cœur les intérêts de Putois, je remballai un moment tous mes ennuis et me réjouis avec elle. S'il y a une chose à laquelle Bertram est toujours prêt, c'est oublier ses soucis personnels quand un ami a une bonne fortune à célébrer.

Durant un moment, Stiffy monopolisa la conversation sans me laisser placer un mot. Les femmes sont singulièrement douées pour cela. La plus frêle d'entre elles a, dans les poumons, la puissance d'un enregistrement sur gramophone et la vitesse d'élocution d'un sergent-major. Ma tante Agatha continue à me traiter de noms d'oiseaux longtemps après que son souffle et son imaginations devraient être épuisés.

Le thème principal de son discours était le formidable coup de chance qui venait de frapper les futurs paroissiens de Putois. Ils auraient non seulement le curé parfait, un saint personnage qui allait redresser leurs âmes, mais, en plus, l'épouse de curé idéale. Ce ne fut qu'après m'avoir brossé son propre portrait, portant la soupe aux pauvres méritants et demandant gentiment des nouvelles de leurs rhumatismes, et qu'elle se fut arrêtée, hors d'haleine, que je pus enfin me faire entendre.

Au milieu de tous ces cris de joie et de toutes ces tapes dans le dos, une pensée plus réfléchie m'avait traversé l'esprit.

— Je suis d'accord avec toi, dis-je. Il semble que tout est bien qui finit bien, et je vois pourquoi tu es arrivée à la conclusion que ce jour est le plus joyeux de cette année, mais tu devrais penser à quelque chose, à quoi tu n'as pas réfléchi.

— À quoi ? Je n'ai rien oublié.

— Cette promesse de Pop Bassett de vous donner la cure...

— Tout est en ordre, n'est-ce pas ? Alors ?

— Je crois seulement que, si j'étais toi, je préférerais avoir la promesse par écrit.

Cela l'arrêta comme si elle avait heurté un première ligne. L'animation extatique disparut de son visage pour être remplacée par un air anxieux et elle se mordilla la lèvre. Je voyais bien que je lui avais donné à penser.

— Tu ne crois pas qu'Oncle Watkyn pourrait nous doubler ?

— Il n'y a aucune limite à ce que ton oncle Watkyn peut faire, répondis-je gravement. Je ne lui ferais pas confiance, à ta place. Où est Putois ?

— Dehors, sur la pelouse.

— Va le chercher, ramène-le et faites signer la chose à Pop Bassett.

— Tu sais que tu me donnes la chair de poule ?

— Je t'indique seulement la route la plus sûre.

Elle réfléchit encore un peu, mordillant derechef sa lèvre inférieure.

— D'accord, dit-elle à la fin. Je vais voir Harold.

— Et ça ne ferait pas de mal d'amener aussi un ou deux notaires, ajoutai-je comme elle sortait en coup de vent.

Environ cinq minutes plus tard, alors que j'étais tombé dans une sorte de rêverie en songeant au triste état de mes affaires, Jeeves entra et annonça qu'on me demandait au téléphone.

CHAPITRE XVII

Je pâlis sous mon hâle.
— Qui est-ce, Jeeves ?
— Mrs. Travers, Monsieur.

Précisément ce que je craignais. Il était, comme je l'ai indiqué, facile et rapide d'aller de Totleigh Towers à Brinkley Court et, dans son état d'excitation, Gussie avait dû garder le pied sur l'accélérateur pour fournir au moteur toute l'essence dont il avait besoin. Je supposais donc qu'il venait juste d'arriver avec sa petite amie et que ce coup de téléphone de Tante Dahlia était un : « Alors, que diable se passe-t-il ? » Sachant de quelle façon sa tête chenue réagissait à toute tentative de la mêler à une histoire pas catholique, comme celle, en l'occurrence, de l'arrivée inopinée de Gussie traînant son Em derrière lui, je me raidis contre la tempête à venir avec toute la force d'âme dont j'étais capable.

Vous me direz, bien sûr, que je n'étais pour rien dans cet acte inconsidéré, mais les tantes ont l'habitude systématique de blâmer leurs neveux pour tout ce qui arrive. On dirait que c'est à cela que servent les neveux. J'avais toujours pensé que c'était seulement par inattention que ma tante Agatha avait omis de me tenir pour responsable du fait qu'un an ou deux auparavant son fils, le jeune Thos, s'était presque fait renvoyer de son pensionnat pour avoir fait le mur, un soir, afin d'aller lancer des noix de coco dans le parc d'attractions local.

— Comment est-elle, Jeeves ?
— Monsieur ?
— Donne-t-elle l'impression d'avoir pété un fusible ?
— Pas particulièrement, Monsieur. La voix de Mrs. Travers est toujours robuste. Y aurait-il une raison à l'explosion du fusible à laquelle vous faites allusion ?
— Bien sûr qu'il y en a une. Pas le temps de vous raconter, mais les cieux s'assombrissent et l'air est plein de dépressions arrivant de la côte islandaise.
— J'en suis désolé, Monsieur.
— Vous n'êtes pas le seul. Qui était ce type... ou ces types, car je crois qu'ils étaient plusieurs, qui sont entrés dans la fournaise ?
— Shadrak, Meshak et Abed Nego, Monsieur.
— C'est ça. J'avais leurs noms sur le bout de la langue. J'ai lu leurs aventures quand j'ai gagné mon prix d'Histoire sainte, à l'école. Eh bien, je sais exactement ce qu'ils ont ressenti. Tante Dahlia ? dis-je, car j'avais maintenant atteint l'instrument.

Je m'attendais à avoir l'oreille écorchée par des mots bien choisis, mais, à ma grande surprise, elle semblait d'humeur joyeuse. Il n'y avait pas trace de récrimination dans sa voix.

— Bonjour, la menace de la civilisation occidentale ! tonitrua-t-elle. Comment vas-tu ? Toujours en état de marche ?
— Jusqu'à un certain point. Et vous ?
— Très bien. J'espère que je ne t'interromps pas au milieu de ton dixième cocktail.
— Mon troisième, corrigeai-je. En général, j'en reste à deux, mais Pop Bassett a insisté pour remplir mon verre. Il est un peu bizarre en ce moment, très maître des cérémonies. Je ne serais pas étonné qu'il fasse rôtir un bœuf sur la place du marché s'il en trouvait un.
— Il est beurré ?
— Pas vraiment, juste effervescent.
— Eh bien, suspends ton orgie alcoolique quelques minutes, que je te donne les nouvelles. Je suis rentrée de Londres il y a un quart d'heure, et sais-tu ce que j'ai

trouvé sur mon seuil ? Ce phénomène de collectionneur de têtards accompagné d'une fille qui ressemble à un pékinois avec des taches de rousseur.

Je pris une grande inspiration et m'embarquai dans mon plaidoyer. Si Bertram voulait qu'on lui rende justice, c'était le moment. Bien que ses manières eussent, jusqu'ici, été affables et que rien ne fît prévoir une explosion prochaine, je me demandais si ce n'était pas seulement parce qu'elle prenait son temps. Il n'est jamais sain de mésestimer les tantes en des heures aussi sombres que celle-ci.

— Oui, dis-je, j'ai entendu dire qu'il allait chez vous, au complet avec le pékinois roux. Je suis désolé, Tante Dahlia, que vous soyez soumise à cette intrusion inexcusable, mais j'aimerais qu'il soit clair qu'ils n'ont reçu ni avis ni encouragement de ma part. J'étais dans l'ignorance la plus totale de ses intentions. S'il m'avait confié son projet de vous imposer sa présence, j'aurais...

Là, je m'arrêtai, me demandant brusquement comment finir ma phrase.

— Arrête de babiller, sac plein de vent ! Qu'est-ce que tu as à parler comme un orateur ?

— Je vous exprimais seulement mes regrets que vous ayez été soumise à...

— Eh bien, inutile. Ce n'est pas la peine de t'excuser. Je ne pourrais pas être plus ravie. J'admets que je n'aime pas trop voir Fink-Nottle tourner autour de mes basques et venir prendre dans ma maison une place que je destine à autre chose, mais la fille est tombée comme la manne dans le désert.

Ayant gagné le prix d'Histoire sainte dont je parlais, je n'eus aucun mal à comprendre son allusion. Elle se référait à un épisode arrivé aux enfants d'Israël quand ils traversaient un désert quelconque et se trouvaient en manque de rafraîchissements, les rations étant congrues. Et, alors qu'ils se disaient les uns aux autres combien ils aimeraient s'envoyer une platée de manne, regrettant qu'il n'y en ait pas dans les réserves du fourrier, une énorme brouettée de ce truc était tombée du ciel, à leur grande joie.

Ses mots m'avaient, bien sûr, un peu surpris. Je lui demandai donc en quoi Emerald Stoker était comme la manne dans le désert.

— Parce que son arrivée a ramené le soleil dans la maison endeuillée. Elle n'aurait pas pu tomber à un meilleur moment. Tu n'as pas vu Anatole, quand tu es venu, à midi ?

— Non. Pourquoi ?

— Je me demandais si tu avais remarqué quelque chose. Peu après ton départ, il s'est plaint d'une crise de foie ou je ne sais plus quoi, et il a pris le lit.

— J'en suis désolé.

— Tom l'était aussi. Il s'attendait à un dîner lugubre préparé par la fille de cuisine, qui, malgré ses nombreux mérites, adopte toujours la politique de la terre brûlée en matière culinaire et tu connais la digestion de Tom ! L'avenir semblait sombre, et voici que Fink-Nottle nous révèle que son pékinois est un chef expérimenté. Elle s'est occupée de tout. Qui est-ce ? Sais-tu quelque chose d'elle ?

Je fus, bien sûr, capable de donner les informations requises.

— C'est la fille d'un millionnaire américain nommé Stoker qui, j'imagine, va lancer des éclairs quand il apprendra qu'elle épouse Gussie, ce dernier n'étant, il faut l'avouer, la tasse de thé de personne.

— Alors, il n'épouse plus Madeline Bassett ?

— Non. Les fiançailles sont rompues.

— Définitivement ?

— Oui.

— Tu n'as pas eu trop de succès, comme *raisonneur**.

— Non.

— Eh bien, je pense qu'elle fera une bonne épouse pour Fink-Nottle. Elle semble gentille.

— Une des meilleures.

— Mais ça te laisse dans le pétrin, non ? Si Madeline Bassett est libre, tu es le bouche-trou, non ?

— C'est, respectée parente, la peur qui me hante.
— Jeeves n'a-t-il rien suggéré ?
— Il dit qu'il ne voit pas. Mais je l'ai connu, en d'autres occasions, provisoirement à sec et puis, soudain, il retrouve sa baguette magique et arrange tout. Aussi je n'ai pas tout à fait perdu espoir.
— Non, je suppose que tu te tireras de ça comme tu le fais toujours. J'aimerais bien avoir eu cinq livres chaque fois que tu as été à un pas de l'autel pour t'en tirer au dernier moment. Je me souviens de t'avoir entendu dire que tu avais foi en ton étoile.
— Tout à fait. Pourtant, il ne sert à rien de prétendre que le péril ne menace pas. Il est terrible comme l'enfer. Le chemin sur lequel j'avance est vertigineux.
— Et tu préférerais les vertiges de l'alcool, je suppose. Bon, tu pourras retourner à ton orgie quand je t'aurai dit pourquoi je t'appelle.
— Vous ne l'avez pas encore fait ? dis-je, surpris.
— Certainement pas. Je ne vais pas perdre mon temps et mon argent à t'appeler pour parler de tes amours. Voici de quoi il s'agit. Tu connais ce truc en ambre noir de Bassett ?
— La statuette ? Bien sûr.
— Je voudrais l'acheter pour Tom. Je viens d'avoir une rentrée d'argent. Je suis allée à Londres aujourd'hui pour voir mon notaire au sujet d'un héritage que quelqu'un m'a laissé. Une vieille amie d'école, si ça t'intéresse. Il y en a pour deux mille livres et je voudrais que tu achètes cette statuette pour moi.
— Ce ne sera pas facile.
— Tu t'arrangeras. Tu peux aller jusqu'à quinze cents livres s'il le faut. Je suppose que tu ne peux pas juste la glisser dans ta poche ? Ça ferait des économies. Mais ce serait sans doute trop te demander, alors va voir Bassett et convaincs-le de te la vendre.
— Je ferai de mon mieux. Je sais combien Oncle Tom convoite cette statuette. Comptez sur moi, Tante Dahlia.
— Brave garçon !
J'étais d'humeur plutôt pensive en retournant au

salon. Mes relations avec Pop Bassett étaient telles qu'il allait être difficile de faire des affaires avec lui. Mais j'étais soulagé que ma vieille parente ait abandonné l'idée de faucher l'objet. Surpris, d'ailleurs, autant que soulagé, car mon association avec elle, au fil des années, m'avait appris la rude leçon que, quand elle voulait offrir un cadeau à son mari bien-aimé, elle était rarement regardante sur les méthodes employées. C'est elle qui avait initié, si c'est bien le mot, le vol de la crémière-vache, et j'aurais pensé qu'elle voudrait économiser son argent en la présente occurrence. Son idée avait toujours été que, quand un collectionneur fauche quelque chose à un autre collectionneur, ça ne compte pas comme un vol, et il y a peut-être de l'idée là-dedans. Pop Bassett, à Brinkley, aurait pillé la collection d'Oncle Tom, si on ne l'avait pas surveillé de près. Ces collectionneurs ont à peu près autant de conscience que les gangsters auxquels la police tend ses filets.

Je réfléchissais à tout cela en cherchant le meilleur moyen d'approcher Pop Bassett, handicapé que j'étais qu'il se mît à trembler comme une gelée par grand vent dès qu'il me voyait et préférât, en ma présence, rester assis et regarder droit devant lui, quand la porte s'ouvrit, et Spode entra.

CHAPITRE XVIII

La première chose qui me frappa chez lui, ce fut l'œil au beurre noir le plus spectaculaire qu'on puisse voir et je restai un moment à me demander de quelle façon je devais réagir. Vous voyez, certains types aux yeux enflés veulent de la sympathie, d'autres préfèrent que vous fassiez semblant de ne rien trouver d'anormal dans leur apparence. J'en arrivai à la conclusion qu'il valait mieux le saluer d'un « Ah ! Spode » prudent, et c'est ce que je fis, bien que, en y repensant, je crois que « Ah ! Sidcup » eût été plus convenable. Tout en parlant, je pris conscience qu'il me regardait avec une lueur sinistre dans l'œil qui restait ouvert. J'ai déjà dit que ses yeux sont capables de faire ouvrir une huître à soixante pas et, même avec un seul en état de fonctionnement, l'impact de son regard mettait encore mal à l'aise. Seul le regard de ma tante Agatha peut me faire le même effet.

— Je vous cherchais, Wooster, dit-il.

Il prononça ces mots de sa voix râpeuse et désagréable qui faisait jadis sursauter ses affidés. Avant d'obtenir son titre, il avait été un de ces dictateurs plutôt communs à l'époque dans la métropole, suivi de sectateurs en short noir, qui criaient « *Heil*, Spode ! » ou quelque chose qui ressemblait à ça. Il avait abandonné en devenant Lord Sidcup, mais il était encore capable de s'adresser à vous comme s'il avait devant lui un séide qui aurait taché son short.

— Vraiment ? dis-je.
— Vraiment.
Il se tut un moment, continuant de me dévisager.
— Alors !
« Alors ! » est encore une de ces choses, comme « Vous ! » et « Ah ! », à laquelle il n'est pas facile de trouver la bonne réponse. Rien ne me venant à l'esprit, je me contentai d'allumer une cigarette d'un geste que j'espérais nonchalant, mais qui ne dut pas lui faire cet effet, car il poursuivit :
— Alors, j'avais raison.
— Hein ?
— Mes soupçons étaient fondés.
— Hein ?
— Ils se sont confirmés.
— Hein ?
— Arrêtez de dire « Hein ? », misérable ver de terre, et écoutez-moi !
Je le ménageai. Vous auriez pu supposer que, l'ayant récemment vu mis K.O. par le révérend H.P. Pinker, puis laissé pour mort par Emerald Stoker et son saladier de haricots, je l'eusse regardé comme indigne de mon respect et tancé vertement pour m'avoir appelé « misérable ver de terre », mais une telle idée ne me traversa pas l'esprit. Il pouvait avoir subi des revers, mais ils ne l'avaient pas brisé et les muscles de ses bras noueux semblaient de fer, comme toujours, et, de la façon dont je voyais les choses, s'il voulait que j'arrête de dire « Hein ? », il n'avait qu'à demander.
Continuant de me traverser de son œil en état de marche, il reprit :
— Je passais à l'instant par le hall.
— Oh ?
— Je vous ai entendu parler au téléphone.
— Oh ?
— Vous parliez à votre tante.
— Oh ?
— Arrêtez donc de dire « Oh ? », espèce de crétin !
Ces restrictions allaient rendre mes répliques un peu

difficiles, mais je n'y pouvais apparemment rien. Je gardai donc un silence plutôt digne et il reprit ses explications.

— Votre tante vous demandait de voler la statuette d'ambre de Sir Watkyn.

— Pas du tout !

— Excusez-moi, je pensais bien que vous alliez essayer de nier, alors j'ai pris la précaution de noter vos mots exacts. La statuette est mentionnée, puis vous dites : « Ce ne sera pas facile », elle vous demande probablement de ne pas épargner vos efforts, car vous répondez : « Je ferai de mon mieux. Je sais combien Oncle Tom convoite cette statuette. Comptez sur moi, Tante Dahlia. » Qu'est-ce qui vous prend de vous gargariser ?

— Je ne me gargarise pas, corrigeai-je. Je ris doucement. Parce que vous avez tout faux, bien que, je dois le dire, la façon dont vous avez noté le dialogue mérite des louanges. Prenez-vous en sténo ?

— Qu'est-ce que ça veut dire, j'ai tout faux ?

— Tante Dahlia me demandait d'acheter la chose à Sir Watkyn.

Il renifla et dit :

— Ah !

Je pensais qu'il était un peu injuste qu'il eût le droit de dire « Ah ! » alors qu'il ne me permettait ni « Hein ? » ni « Oh ? ». Il y a deux poids et deux mesures, vous ne trouvez pas ?

— Vous attendez-vous à ce que je croie ça ?

— Vous ne me croyez pas ?

— Non. Pas du tout. Je ne suis pas complètement idiot.

On aurait pu débattre longuement de cette opinion, comme aurait dit Jeeves, mais je ne m'y hasardai pas.

— Je connais votre tante, insinua-t-il. Elle volerait le plombage de vos dents du fond si elle espérait ne pas se faire prendre.

Il s'interrompit un moment et je savais qu'il pensait à la crémière-vache. Il avait toujours, non sans raison, il faut l'admettre, suspecté ma chère parente d'avoir été la force motrice derrière sa disparition, et je suppose qu'il avait dû être fort marri de n'avoir jamais pu le prouver.

— Je vous avertis solennellement, Wooster, de ne pas y mettre la patte cette fois-ci, car, si je vous attrape, vous serez bon ! Ne croyez pas que Sir Watkyn aurait peur du scandale. Vous irez en prison ! Il vous déteste intensément et rien ne lui plairait plus que de vous coller au trou sans sursis.

Je pensai que cela montrait l'esprit vindicatif de ce vieux chien galeux, ce que je déplorais, mais je sentis qu'il ne serait pas judicieux de le faire remarquer. Je hochai donc la tête d'un air pénétré. J'étais heureux que cette contingence, comme aurait dit Jeeves, n'eût aucune chance de se présenter. Fort de la certitude que rien ne pourrait m'amener à voler cette fichue statuette, je fus capable de rester calme et nonchalant, du moins, aussi calme et nonchalant que vous pourriez l'être en face d'un type de trois mètres de haut avec un œil poché et l'autre qui vous regarde comme un chalumeau oxyacétylénique.

— Oui, monsieur, dit Spode. Vous êtes fait.

Il allait ajouter qu'il se ferait un plaisir de venir aux heures de visite me voir derrière les barreaux, quand Pop Bassett revint.

Mais un Pop Bassett tout différent du joyeux drille qui était sorti quelques instants auparavant. Il avait été tout sucre tout miel, comme le serait n'importe quel père dont la fille n'allait pas épouser Gussie Fink-Nottle. Maintenant, il avait les traits tirés et l'allure générale d'un convive qui s'aperçoit qu'il n'a plus qu'à avaler l'huître pas fraîche qu'il a dans la bouche.

— Madeline m'a dit, commença-t-il, puis il vit l'œil de Spode et s'interrompit.

C'était le genre d'œil que vous ne pouviez pas ne pas remarquer, même si vous en aviez gros sur le cœur.

— Seigneur, Roderick ! Êtes-vous tombé ?

— Tombé, mon œil, dit Spode. J'ai été rossé par un vicaire.

— Dieu du ciel ! Quel vicaire ?

— Le seul qu'on ait dans les parages.

— Vous voulez dire que vous avez été assailli par Mr. Pinker ? Vous m'étonnez, Roderick.

Spode parla avec chaleur.

— Pas autant que je l'ai été moi-même. Ce fut plus ou moins une révélation pour moi, je peux vous le dire, parce que je n'ai jamais connu de vicaire capable de ça. Il vous feinte pour vous faire perdre l'équilibre, puis il arrive avec une sorte de coup en tire-bouchon qu'on ne peut s'empêcher d'admirer. Il faudra que je lui demande de me l'apprendre un de ces jours.

— Vous parlez comme si vous ne lui gardiez pas rancune.

— Bien sûr que non. Un joli petit combat sans arrière-pensée de part ou d'autre. Je n'ai rien contre Pinker. C'est à la cuisinière que j'en veux. Elle m'a haricoté avec un saladier. Je vais aller lui dire deux mots.

Il avait l'air si joyeux à l'idée de dire à Emerald Stoker ce qu'il pensait d'elle que je fus affligé de devoir lui annoncer que sa quête serait inutile.

— Vous ne pourrez pas, lui fis-je remarquer. Elle nous a quittés.

— Ne soyez pas idiot. Elle est dans la cuisine, n'est-ce pas ?

— Non. J'en suis désolé. Elle s'est enfuie avec Gussie Fink-Nottle. Un mariage est projeté, il aura lieu dès que l'archevêque de Canterbury aura donné sa permission.

Spode chancela. Il n'avait qu'un œil pour me regarder, mais il lui fit donner le maximum.

— Est-ce vrai ?

— Absolument.

— Alors, ça arrange tout. Si Madeline est à nouveau libre... Merci de m'avoir prévenu, mon vieux Wooster.

— N'en parlons plus, mon vieux Spode, ou, plutôt, mon vieux Lord Sidcup.

Pour la première fois, Pop Bassett sembla s'apercevoir que le jeune homme distingué debout sur un pied à côté du canapé était Bertram.

— Mr. Wooster, dit-il.

Puis il s'interrompit, déglutit une fois ou deux et se dirigea vers la table où étaient les bouteilles. Son allure semblait fiévreuse. S'en étant jeté un derrière la cravate, il put enfin poursuivre.

— Je viens de voir Madeline.
— Ah oui ? Comment va-t-elle ?
— À mon avis, elle n'a pas tous ses esprits. Elle dit qu'elle va vous épouser.

J'étais plus ou moins préparé à quelque chose de ce genre, aussi, à part trembler comme une gelée et laisser pendre ma mâchoire inférieure de peut-être vingt centimètres, je ne montrai aucun signe de décomposition, ce en quoi je différais radicalement de Spode qui chancela pour la seconde fois et poussa un cri semblable à celui de l'ours brun qui vient de se cogner l'orteil sur un rocher.

— Vous plaisantez !

Pop Bassett secoua la tête d'un air navré. Il était hagard.

— J'aimerais bien, Roderick. Je comprends que vous soyez hors de vous. Il en est de même pour moi. Je suis affolé. Je ne vois plus la moindre lumière à l'horizon. Quand elle me l'a dit, c'est comme si j'avais été frappé par la foudre.

Spode me regardait, consterné. Il semblait incapable de reconnaître l'horreur de la situation. Il y avait de l'incrédulité dans son œil valide.

— Elle ne peut pas épouser ça !
— Elle a l'air résolu.
— Mais il est pire que cette face de poisson avarié !
— Je suis d'accord. Bien pire. Il n'y a pas de comparaison.

— Je vais aller lui parler, dit Spode, et il sortit avant que j'aie pu lui exprimer mon ressentiment pour avoir été appelé « ça ».

Il est peut-être heureux que Stiffy et Putois soient entrés une minute plus tard, car, si j'étais resté seul avec Pop Bassett, j'aurais eu du mal à trouver un sujet de conversation propre à lui élever l'esprit ou à l'amuser.

CHAPITRE XIX

Le nez de Putois, comme on pouvait s'y attendre, avait pas mal gonflé depuis la dernière fois où je l'avais vu, mais il semblait d'excellente humeur et Stiffy n'aurait pu être plus heureuse ni plus éclatante. Tous deux, manifestement, pensaient que leurs ennuis étaient terminés et mon cœur saigna pour ces deux jeunes infortunés. J'avais soigneusement observé Pop Bassett pendant que Spode lui parlait du gauche de Putois, et ce que j'avais lu dans ses yeux n'était guère encourageant.

Les gens qui ont des cures à distribuer ont souvent des vues assez rigoureuses sur les qualités qu'ils demandent aux curés qu'ils pensent promouvoir à de hautes fonctions, et un crochet du gauche, si adroit fût-il, n'en fait pas partie. Si Pop Bassett avait été un organisateur de combats cherchant de nouveaux talents, et Putois un jeune boxeur prometteur avide de paraître dans son prochain programme pour six rounds en première partie, il l'aurait sûrement regardé d'un bon œil. Mais, en l'occurrence, le regard qu'il lui adressa était froid et lugubre comme s'il avait devant lui un repris de justice accusé d'avoir déplacé des porcs sans permis ou d'avoir omis d'abattre une cheminée condamnée. Je pouvais voir les ennuis s'amonceler à l'horizon et je n'aurais pas risqué un penny sur une fin heureuse, même à la cote la plus avantageuse.

La lourdeur de l'atmosphère, évidente à mes sens

aiguisés, ne semblait pas toucher Stiffy. Aucune voix ne lui soufflait à l'oreille qu'elle allait recevoir un coup qui retentirait jusqu'à ses dents du fond. Elle était tout sourire et pleinement convaincue que la signature sur la donation n'était plus qu'une formalité.

— Nous voici, Oncle Watkyn, dit-elle d'un air béat.
— Je vois.
— J'ai amené Harold.
— Je m'en aperçois.
— Nous en avons parlé, et nous pensons que nous devrions avoir votre promesse écrite en bonne et due forme.

Les yeux de Pop Bassett devinrent encore plus froids et plus lugubres. Mon sentiment que nous étions de retour au tribunal de police de Bosher Street s'amplifia. Rien n'était nécessaire, me semblait-il, pour compléter l'illusion, sauf, peut-être, un greffier enrhumé et de jeunes avocats traînant alentour à l'affût des clients.

— Je crains de ne pas comprendre, dit-il.
— Allons, Oncle Watkyn, vous êtes plus intelligent que ça. Je parle de la cure d'Harold.
— Je ne savais pas que Mr. Pinker avait une cure.
— Celle que vous allez lui donner, je veux dire.
— Oh ? dit Pop Bassett.

J'ai rarement entendu un « Oh ? » aussi abominable.

— Je viens de voir Roderick, ajouta-t-il d'un air entendu.

À la mention du nom de Spode, Stiffy gloussa, et j'aurais pu lui dire que c'était une erreur. Il y a un temps pour les frivolités féminines et un temps où elles sont hors de propos. Il ne m'avait pas échappé que Pop Bassett commençait à gonfler comme ces curieux poissons circulaires qu'on attrape en Floride, et, de plus, il grondait comme, j'imagine, les volcans avant de se répandre sur le voisinage et de faire regretter aux habitants de ne pas avoir été vivre ailleurs.

Mais, même alors, Stiffy ne sembla pas se rendre compte de la catastrophe imminente. Elle produisit un autre rire argentin. Les jeunes du beau sexe ne savent jamais qu'il y a des moments où la dernière chose à faire entendre est un rire argentin.

— Je parie qu'il a un coquard.

— Pardon ?

— Son œil est-il noir ?

— Il l'est.

— Je le pensais bien. Harold a de la force pour dix, parce que son cœur est pur. Alors, à propos de cette signature ? J'ai un stylo. Allons-y.

Je m'attendais à ce que Pop Bassett joue le rôle d'une bombe tombant sur un dépôt de munitions, mais non. Il continua, à la place, à montrer cette sorte de froideur qui est le propre des magistrats quand ils condamnent les gens à des amendes de cinq livres pour des peccadilles et des enfantillages.

— Je crois que tu n'as pas compris, Stephanie, dit-il de la voix métallique avec laquelle il s'adressait, jadis, au prisonnier Wooster. Je n'ai nullement l'intention de confier une cure à Mr. Pinker.

Stiffy le prit de plein fouet. Elle fut secouée de la semelle de ses chaussures à la pointe de ses cheveux. Si elle ne s'était pas accrochée au bras de Putois, elle serait peut-être tombée. On pouvait comprendre son émotion. Elle arrivait, confiante, sûre que tout était réglé et soudain, au milieu de ce ciel serein, retentissaient les mots du désastre. Aucun doute, ce fut leur soudaineté qui la frappa et la paralysa. Je suppose qu'elle se sentait comme Spode quand le saladier d'Emerald Stoker avait rencontré son occiput. Ses yeux lui sortirent des orbites et elle eut un cri passionné.

— Oncle Watkyn ! Vous aviez promis !

J'aurais pu lui dire qu'elle perdait son temps en essayant de faire appel aux bons sentiments de cette vieille buse, parce que les magistrats, même les ex, n'en ont aucun. Le trémolo de sa voix aurait fait fondre ce qu'on appelle habituellement un cœur de pierre, mais il n'eut pas plus d'effet sur Pop Bassett que le gazouillis d'un canari.

— Seulement provisoirement. Je ne savais pas, alors, que Mr. Pinker avait brutalement agressé Roderick.

À ces mots, Putois, qui écoutait le dialogue d'un air rigide qui donnait l'illusion qu'il avait été empaillé par un bon taxidermiste, revint soudain à la vie. Mais le seul son qu'il émit fut semblable aux dernières gouttes d'une baignoire qui se vide, ce qui ne valait pas vraiment la peine de s'éveiller. Il réussit, cependant, à attirer l'attention de Pop Bassett et ce dernier se tourna vers lui.

— Oui, Mr. Pinker ?

Il fallut une seconde ou deux avant que Putois fît succéder des mots à son bruit de baignoire. Et même alors, on pouvait difficilement appeler mots les sons qu'il prononça.

— Euh... Il... Euh...
— Continuez, Mr. Pinker.
— C'était... Je veux dire... Ce n'était pas...
— Si vous pouviez être un peu plus clair, Mr. Pinker, cela serait d'une grande utilité pour notre enquête sur les faits dont nous discutons. Je dois avouer que je ne vous trouve pas vraiment explicite.

C'était le genre de vannes auxquelles il était habitué au bon vieux temps de Bosher Street, celles qu'on imprimait avec « rires » entre parenthèses, mais aujourd'hui, elle tomba plus à plat qu'une sole de Douvres. Il ne fit fuser aucun rire, ni de moi, ni de Putois qui se contenta de se cogner dans un vase de porcelaine et tourna au vermillon, tandis que Stiffy revenait à la charge toutes voiles dehors.

— Ce n'est pas la peine de parler comme un juge, Oncle Watkyn.

— Pardon ?

— En fait, il vaudrait mieux que vous arrêtiez de parler et que vous me laissiez expliquer. Harold essaie de vous dire qu'il n'a pas brutalement agressé Roderick. C'est Roderick qui l'a brutalement agressé.

— Vraiment ? Ce n'est pas l'histoire que j'ai entendue.

— Eh bien, c'est ce qui est arrivé.

— J'accepte volontiers d'entendre ta version de ce déplorable incident.

— Très bien. Voilà. Harold essayait de calmer Roderick en roucoulant comme une tourterelle, et Roderick s'est soudain jeté sur lui et l'a cogné sur le nez. Si vous ne me croyez pas, regardez-le. Le pauvre ange a saigné comme une fontaine de Versailles. Alors, que vouliez-vous que fasse Harold ? Tendre l'autre nez ?

— J'aurais voulu qu'il se souvienne de ses saintes fonctions. Il aurait dû venir se plaindre auprès de moi, et j'aurais veillé à ce que Roderick lui présente d'amples excuses.

Un son étrange envahit la pièce. C'était un reniflement de Stiffy.

— Des excuses ! hurla-t-elle lorsqu'elle eut fini de renifler. À quoi bon les excuses ? Harold a suivi la seule voie possible. Il lui est rentré dedans et l'a étendu sur le pré, comme n'importe qui l'aurait fait à sa place.

— N'importe qui n'ayant pas à penser à son habit.

— Pour l'amour de Dieu, Oncle Watkyn ! Il ne peut pas penser tout le temps à son habit. Il y avait urgence. Roderick était en train d'assassiner Gussie Fink-Nottle.

— Et Mr. Pinker l'en a empêché ? Dieu du Ciel !

Le silence se fit tandis que Pop Bassett luttait contre ses sentiments. Puis Stiffy, comme Putois l'avait fait avec Spode, essaya une autre tactique. Elle avait dit que Putois avait essayé de calmer Spode en roucoulant comme une tourterelle, et, si ma mémoire ne me joue pas de tour, je peux dire que c'est ainsi qu'elle se mit à roucouler. Comme toutes les filles, elle peut mettre de la douceur dans sa voix, quand elle pense qu'elle en tirera quelque chose.

— Ça ne vous ressemble pas, Oncle Watkyn, de revenir sur une promesse solennelle.

J'aurais pu la corriger. À mon avis, ça lui ressemblait tout à fait.

— Je ne peux pas croire que ce soit vraiment vous qui me fassiez une chose pareille. C'est tellement contraire à vos habitudes. Vous avez toujours été si bon pour moi.

Vous avez fait en sorte que je vous aime et vous respecte. Je vous regarde comme mon second père. Ne fichez pas tout en l'air maintenant.

Un puissant plaidoyer qui, avec n'importe qui d'autre, aurait emporté le morceau. Mais, avec Pop Bassett, il n'avait aucune chance. C'était un homme sans entrailles, je parle de compassion, bien sûr, et il le montrait.

— Si cette expression signifie que tu penses que je vais changer d'idée et donner cette cure à Mr. Pinker, je vais te décevoir. Je ne ferai pas une telle chose. Je considère qu'il a prouvé qu'il n'est pas capable d'être curé. Je serais même surpris si, après ce qui s'est passé, il arrivait à se réconcilier avec sa conscience et continuer ses devoirs de vicaire.

C'était méchant, et cela fit pousser à Putois ce qui était peut-être un grognement caverneux ou peut-être un hoquet. Pour ma part, je regardais froidement le vieux bouc et je crois même que je retroussais ma lèvre, mais je doute qu'il remarquât mon mépris car son attention était fixée sur Stiffy. Elle était devenue presque aussi écarlate que Putois et j'entendis distinctement « clic » quand ses incisives se rencontrèrent. Et elle parla entre ses dents (serrées) :

— Alors, c'est votre décision ?
— Oui.
— Définitive ?
— Absolument.
— Rien ne vous fera changer d'avis ?
— Rien.
— Je vois, dit Stiffy après avoir mordu sa lèvre inférieure en silence un instant. Eh bien, vous le regretterez.
— Je ne crois pas.
— Vous verrez. Attendez seulement. Un amer remords vous guette, Oncle Watkyn. Ne sous-estimez pas le pouvoir d'une femme, dit Stiffy.

Avec un sanglot étouffé, qui pouvait, lui aussi, être un hoquet, elle se rua hors de la pièce.

Elle était à peine sortie quand Butterfield entra. Pop Bassett lui jeta ce regard d'impatience mal dissimulée que les hommes irritables jettent aux majordomes qui débarquent au mauvais moment.

— Oui, Butterfield ? Qu'est-ce qu'il y a ?
— Le constable Oates désire vous parler, Monsieur.
— Qui ?
— Le constable Oates, de la police, Monsieur.
— Qu'est-ce qu'il veut ?
— J'ai cru comprendre qu'il a un indice pour identifier le garçon qui vous a jeté un œuf dur, Monsieur.

Les mots agirent sur Pop Bassett comme j'ai entendu dire que le son des trompettes agit sur les destriers de guerre, non que j'aie jamais vu un destrier de guerre. Son comportement changea brusquement. Ses traits s'éclairèrent et se mirent à ressembler à ceux des chiens de chasse quand on les lance sur une piste chaude. Il ne cria pas vraiment « Youpi ! » mais c'est probablement parce que le mot ne lui était pas familier. Il était hors de la pièce en quelques secondes. Butterfield suivit à quelques longueurs et Putois, qui replaçait une photographie qu'il avait fait tomber d'une table, s'adressa à moi avec ce que vous appelleriez une voix brisée.

— Dis donc, Bertie, que crois-tu que Stiffy avait en tête quand elle a dit ça ?

Je me demandais aussi ce que la jeune péronnelle avait dans l'esprit. Une chose sinistre, me semblait-il. Ces mots : « Attendez seulement » rendaient un son de mauvais augure. Je soupesai gravement la question.

— Difficile à savoir, dis-je. Ce peut être une chose ou une autre.
— Elle a une nature tellement impulsive.
— Très impulsive.
— Tout cela me met mal à l'aise.
— Pourquoi toi ? Le seul qui doive être mal à l'aise, c'est Pop Bassett. La connaissant comme je la connais, si j'étais à sa place...

La phrase que j'avais commencée aurait, si elle était venue à maturité, fini par ces mots : « Je bouclerais à la hâte quelques bagages et je filerais en Australie » mais, sur le point de les prononcer, je regardai par la fenêtre et ils gelèrent sur mes lèvres.

La fenêtre donnait sur l'allée et, de là où j'étais, j'avais une bonne vue sur le perron : quand je vis qui montait les marches, mon cœur s'arrêta de battre.

C'était Plank. On ne pouvait pas se tromper à ce visage carré et bronzé, à cette démarche puissante. Et, quand je réfléchis que, dans quelques secondes, Butterfield allait le faire entrer au salon où je me trouvais moi-même et que nous allions à nouveau nous rencontrer, j'avoue que je perdis un moment tous mes moyens.

Ma première pensée fut d'attendre qu'il ait passé la porte puis de me glisser par la fenêtre qui était opportunément ouverte. C'était, sentais-je, ce qu'aurait fait Napoléon. J'allais prendre la poudre d'escampette, comme aurait dit Stiffy, quand je vis approcher le chien Bartholomew. Je sus alors que je devais complètement réviser ma stratégie. On ne peut pas sortir par la fenêtre sous les yeux d'un terrier d'Aberdeen aussi rapide que Bartholomew à toujours imaginer le pire. Un jour, sans doute, il apprendrait que ce qu'il avait pris pour un voleur en fuite avec son butin n'était en réalité qu'un innocent hôte de la maison et il viendrait faire des excuses, mais, à ce moment-là, mes mollets seraient troués comme un gruyère.

Me rabattant sur ma seconde ligne de défense, je me glissai derrière le canapé en murmurant :

— Pas un mot à âme qui vive, Putois. Un type que je n'ai pas envie de voir.

Et je me blottis comme une tourterelle au nid quand la porte s'ouvrit.

CHAPITRE XX

On reconnaît généralement, au *Drones Club* et ailleurs, que Bertram Wooster est un homme qui garde le menton haut et le sourire, aussi dur que ce soit. Sous la matraque du Destin, il ne courbe pas la tête, comme on dit. En un mot, il tient le coup.

Mais je dois avouer que, tandis que je me blottissais dans mon refuge, j'étais un peu énervé. Comme je l'ai déjà mentionné, la vie à Totleigh Towers m'avait abattu. Il ne semblait pas possible d'avoir un instant de paix dans cette maison maudite. Soit on planait sur les cimes tel un aigle, soit on se cachait derrière les canapés tel un canard plongeant. En plus des bousculades et des remue-ménage, ces sortes de choses blessent les esprits les mieux trempés et ne font aucun bien non plus aux plis de pantalons. Et donc, cela m'énervait.

Je commençais à devenir amer à propos de ce Plank et de la tendance qu'il montrait à me hanter comme un spectre familier. Je n'arrivais pas à imaginer ce qu'il pouvait bien venir faire là. Quels que soient les tourments de Totleigh Towers, je pensais qu'on pouvait au moins y être délivré de sa société. Il avait une superbe maison à Hockley-cum-Meston et on se demandait en vain pourquoi il n'y restait pas.

Ma désapprobation s'étendait aux diverses tribus indigènes qu'il avait rencontrées au cours de ses explorations. Pendant des années, de son propre aveu, il avait visité, sans y être invité, les aborigènes du Brésil, du Congo et d'ailleurs, et aucun d'eux n'avait pris l'initiative de le poursuivre avec une lance ou avec des dards empoisonnés et une sarbacane. Et c'étaient des types qui se disaient sauvages ! Sauvages, mon œil ! Les sauvages des livres que je lisais dans mon enfance l'auraient attaché au poteau de torture avant qu'il ait eu le temps de dire « Eh quoi ? » mais ceux qu'on rencontre maintenant ne sont que laxisme et laisser-faire. Je m'en balance ! Laisse ça à quelqu'un d'autre ! George s'en chargera. On se demande vraiment où va le monde !

D'où je me trouvais, mon champ de vision était nécessairement un peu restreint, mais je pouvais voir une paire de chaussures de marche de la taille de l'Empire State Building et je supposai donc que Butterfield l'avait fait entrer, ce qui se confirma quand il parla. C'était une voix qui vous restait dans la mémoire quand vous l'aviez entendue une fois.

— 'Soir, dit-il.
— Bonsoir, répondit Putois.
— Chaude journée.
— Très chaude.
— Qu'est-ce qui se passe ici ? Il y a des tentes et des balançoires et des trucs dans le parc.

Putois expliqua que la fête annuelle de l'école venait tout juste de se terminer, et Plank se félicita de l'avoir manquée. Il ajouta que les fêtes d'école étaient des choses sacrément dangereuses, qu'il fallait éviter à tout prix, car elles comportaient trop souvent un concours du plus beau bébé.

— Avez-vous eu un concours du plus beau bébé ?
— Oui, justement. Les mamans ont insisté.
— Ce sont les mères dont il faut se méfier, dit Plank. Je ne dis pas que ces petits monstres ne sont pas assez horribles en eux-mêmes, toujours la bave au coin des lèvres et tout le reste, mais ce sont les mères qui constituent le péril ultime. Regardez, dit-il en retroussant une jambe de pantalon. Vous voyez cette cicatrice sur mon mollet ? C'est un souvenir du Pérou, où j'ai été assez fou

pour accepter d'être juge dans un concours du plus beau bébé. La mère de l'un des accessits m'a piqué la jambe avec une dague indigène quand je suis descendu de l'estrade après mon discours, ça m'a fait un mal de chien, je peux vous l'assurer, et ça me lance encore quand le temps est humide. Un type que je connais dit que la main sur le berceau est la main qui gouverne le monde. Que ce soit vrai ou non, je n'en sais rien, mais elle sait certainement tenir une dague péruvienne.

Je révisai quelque peu mon opinion sur le laxisme et le manque d'initiative des sauvages modernes. Les mâles avaient peut-être perdu leur agressivité ces dernières années, mais l'élément femelle, semblait-il, avait gardé de la pugnacité, bien que, avec quelqu'un comme Plank, un trou dans la jambe ne soit qu'un premier pas dans la bonne direction, juste un début, pourrait-on dire. Plank continuait son bavardage.

— Vous habitez par ici ?
— Oui. Je vis au village.
— À Totleigh ?
— Oui.
— Pas de club de rugby, à Totleigh ?

Putois répondit par la négative. Les athlètes de Totleigh-in-the-Wold préféraient, dit-il, le football, et Plank, haussant sans doute les épaules, dit « Bon Dieu ! ».

— Avez-vous jamais joué au rugby ?
— Un peu.
— Vous devriez vous y intéresser. Pas de meilleur sport. J'essaie de faire de Hockley-cum-Meston une équipe de bon niveau dans le Gloucestershire. J'entraîne les gars tous les jours, et ils se débrouillent bien, vraiment. Je n'ai besoin que d'un bon première ligne.

Il n'eut que Pop Bassett qui entra en coup de vent. Il bonsoir-isa Plank, qui répondit en termes adéquats.

— C'est gentil de venir me voir, Plank, dit Pop. Vous buvez quelque chose ?

— Ah, dit Plank, et je vis qu'il le pensait.

— Je vous inviterais bien à dîner, mais, malheureusement, l'un de mes invités s'est enfui avec la cuisinière.

— Ce n'est pas idiot, s'il devait s'enfuir avec quelqu'un. On a du mal à trouver des cuisinières, de nos jours.

— Bien sûr, ça a complètement désorganisé mes arrangements domestiques. Ni ma fille ni ma nièce ne sont capables de préparer le plus simple des repas.

— Vous allez devoir aller au pub.

— On dirait bien que c'est la seule solution.

— Si vous étiez en Afrique occidentale, vous pourriez demander l'hospitalité au chef local.

— Je ne suis pas en Afrique occidentale, dit Pop Bassett, un peu irrité, me sembla-t-il.

Je comprenais son sentiment. C'est toujours énervant, quand on a un problème, que quelqu'un vous rappelle quelles opportunités vous pourriez avoir si vous étiez ailleurs que là où vous êtes.

— Je dînais souvent chez l'habitant, en Afrique occidentale, dit Plank. Certains de ces types donnaient de vrais banquets. Bien sûr, on ne pouvait jamais savoir si le plat principal n'était pas un parent d'une de leurs épouses, cuit à petit feu et masqué sous une sauce indigène. Ça vous coupait un peu l'appétit, sauf si vous étiez particulièrement affamé.

— Je l'imagine aisément.

— C'est affaire de goût, bien sûr.

— Tout à fait. Vous vouliez me voir pour quelque chose de particulier, Plank ?

— Non, je ne pense pas.

— Alors, excusez-moi, il faut que je retourne auprès de Madeline.

— Qui est Madeline ?

— Ma fille. Votre arrivée a interrompu une conversation sérieuse que j'avais avec elle.

— Quelque chose ne va pas ?

— Quelque chose ne va pas du tout. Elle veut faire un mariage désastreux.

— Tous les mariages sont désastreux, dit Plank, ce qui

me donna l'impression, en lisant entre les lignes, qu'il était célibataire. Ils amènent des beaux bébés, et les beaux bébés amènent les concours du plus beau. Je racontais à ce gentleman une expérience qui m'est arrivée au Pérou et je lui montrais la cicatrice sur ma jambe, résultat direct d'avoir été assez idiot pour juger une de ces compétitions. Aimeriez-vous voir la cicatrice sur ma jambe ?

— Une autre fois, peut-être.

— Quand vous voudrez. Pourquoi dites-vous que le mariage qu'elle veut faire est désastreux ?

— Parce que Mr. Wooster n'est pas le mari qui lui convient.

— Qui est Mr. Wooster ?

— L'homme qu'elle veut épouser. Un de ces jeunes bons à rien dont l'espèce est si répandue de nos jours.

— J'ai connu un nommé Wooster, mais je suppose que ce n'est pas le même, parce que le mien fut mangé par un crocodile sur le Zambèze, ce qui le met hors course. Eh bien, Bassett, retournez voir votre fille et dites-lui de ma part que, si elle se met à épouser tous les Tom, Dick et Harry qu'elle rencontre, il faut qu'elle se fasse examiner le cerveau. Si elle avait vu autant d'épouses de chefs indigènes que moi, elle ne serait pas aussi bête. Quelle vie infernale elles ont, ces femmes ! Rien à faire que piler le mil pour le repas et avoir de beaux bébés. Allez, Bassett, que je ne vous retarde pas.

J'entendis la porte se fermer derrière Pop Bassett, et Plank revint à Putois.

— Je ne l'ai pas dit à ce vieux fou, parce que je ne veux pas lui troubler la cervelle, mais, en fait, j'étais venu pour quelque chose de spécial. Savez-vous où je pourrais trouver un type nommé Pinker ?

— Mon nom est Pinker.

— Vous êtes sûr ? Je pensais que Bassett avait dit Wooster.

— Non. Wooster est celui qui va épouser la fille de Sir Watkyn.

— Ah oui. Ça me revient, maintenant. Je me demande

si vous êtes le type que je cherche. Mon Pinker est vicaire.

— Je suis vicaire.

— Vraiment ? Oui, par Jupiter, vous avez raison. Je vois que votre col se boutonne par-derrière. Vous ne seriez pas H.P. Pinker, par hasard ?

— Si.

— Première ligne pour Oxford et pour l'Angleterre il y a quelques années ?

— Oui.

— Aimeriez-vous devenir curé ?

Il y eut un bruit de vaisselle et je sus que Putois venait de renverser sa table habituelle. Après un moment, il dit d'une voix rauque que la seule chose qu'il voulait, c'était mettre la main sur une cure, ou quelque chose ayant la même signification, et Plank dit qu'il était content d'entendre ça.

— Mon chapelain, à Hockley-cum-Meston, va reprendre ses billes, maintenant qu'il va sur ses quatre-vingt-dix ans, et j'ai battu la campagne en vain. Ma quête était extraordinairement difficile, parce que je cherchais un curé qui soit un bon première ligne, et ce n'est pas souvent qu'un prêtre sait reconnaître un ballon de rugby quand il en voit un. Je ne vous ai jamais vu jouer, parce que j'ai beaucoup vécu à l'étranger, mais, d'après ce qu'on m'a dit, vous êtes bon. Alors, vous pourrez prendre vos fonctions dès que le vieux Bellamy aura pris sa retraite. Je rentre chez moi, et je vous confirme la chose par lettre.

Putois dit qu'il ne savait comment le remercier, et Plank répondit que tout était parfait, pas besoin de remerciements.

— C'est moi qui suis reconnaissant. Nous avons ce qu'il nous faut en arrières et en trois-quarts, mais nous avons perdu, l'année dernière, contre Upper Bleaching, simplement parce que notre première ligne était au-dessous de tout. Cette année, on va leur montrer ! Une chance étonnante de vous trouver. Je n'aurais jamais entendu parler de vous, sans un de mes amis, l'inspecteur chef Witherspoon, de Scotland Yard. Il m'a téléphoné il y a un instant pour me dire qu'on pouvait vous trouver à Totleigh-in-the-Wold. Il a dit que si je venais à Totleigh Towers, on pourrait m'indiquer votre adresse. C'est extraordinaire comme les types de Scotland Yard flairent ces choses. Le résultat de l'entraînement, je suppose. Quel est ce bruit ?

Putois dit qu'il n'avait rien entendu.

— Une espèce de halètement. Ça semblait venir de derrière le canapé. Regardez un peu.

Pendant un instant, le visage de Putois fut suspendu au-dessus de moi, puis il repartit.

— Il n'y a rien derrière le canapé, dit-il, mettant courageusement en danger son âme immortelle en falsifiant la vérité, dans le seul but d'aider un ami.

— J'ai cru que c'était un chien malade, dit Plank.

Je pense qu'en effet j'avais produit ce genre de bruit. La révélation de la noire trahison de Jeeves m'avait fait trembler sur mes bases, et j'avais oublié que, dans les circonstances présentes, le silence était d'or. C'était idiot, bien sûr, de haleter comme ça, mais, bon Dieu ! si, pendant des années, vous avez réchauffé dans votre sein votre gentleman du gentleman personnel, et que vous vous apercevez tout à coup qu'il a délibérément lancé des explorateurs du Brésil sur vos traces, je maintiens que vous êtes parfaitement en droit de vous conduire comme un chien pris de nausées. Sa conduite me laissait pantois, et je fus tellement sidéré que durant une minute ou deux je perdis le fil de la conversation. Quand les brumes s'éclaircirent, Plank parlait et le sujet avait changé.

— Je me demande comment Bassett va s'arranger, avec sa fille. Savez-vous quelque chose de ce Wooster ?

— C'est un de mes meilleurs amis.

— Bassett ne semble pas l'aimer beaucoup.

— Non.

— Enfin, nous avons tous nos sympathies et nos antipathies. Laquelle des deux filles est cette Madeline dont il parlait ? Je ne leur ai jamais été présenté, mais je les ai déjà vues. Est-ce la petite seringue, avec des grands yeux bleus ?

Je suppose que Putois n'appréciait pas beaucoup d'entendre décrire sa bien-aimée comme une petite seringue, quoique sa raison eût dû lui dire que c'était exactement ce qu'elle était, mais il répondit sereinement.

— Non. Elle, c'est la nièce de Sir Watkyn, Stephanie Byng.

— Byng ? Ce nom me rappelle quelque chose... Oh oui ! Bien sûr. Ce vieux Johnny Byng, qui était avec moi lors d'une expédition. Un rouquin. Je ne l'ai pas vu depuis des années. Il avait été mordu par un puma, le pauvre type, et on m'a dit qu'il hésitait encore de manière très notable avant de s'asseoir. Byng, hein ? Vous la connaissez, bien sûr.

— Très bien.

— Une gentille fille ?

— C'est ainsi que je la vois, et, si vous permettez, je vais aller lui annoncer la bonne nouvelle.

— Quelle bonne nouvelle ?

— À propos de la cure.

— Ah oui. Vous pensez que cela va l'intéresser ?

— J'en suis sûr. Nous allons nous marier.

— Bon Dieu ! Aucune chance de vous en sortir ?

— Je ne veux pas m'en sortir !

— Incroyable ! J'ai, une fois, été de Johannesburg à Cape Town en auto-stop, juste pour éviter de me marier, et vous êtes là, qui semblez tout à fait content d'un tel projet ! Enfin, des goûts et des couleurs... Allez-y. Et je pense que je devrais dire un mot à Bassett avant de partir, ce type me tape sur les nerfs, mais il faut être poli.

La porte se ferma et le silence tomba. Après avoir attendu quelques minutes, au cas où, je sentis que je pouvais refaire surface en sécurité. C'est ce que je fis, et j'étirais mes membres, qui étaient quelque peu ankylosés, quand la porte se rouvrit et Jeeves entra, un plateau dans les mains.

CHAPITRE XXI

— Bonsoir, Monsieur, dit-il. Voudriez-vous un amuse-gueule ? Je rends service à Mr. Butterfield, qui est occupé en ce moment à écouter à la porte de la pièce où Sir Watkyn est en conférence avec Miss Bassett. Il m'a dit qu'il prépare ses Mémoires et ne perd jamais une occasion de rassembler du matériel intéressant.

Je lui adressai un de mes regards. Mon visage était dur et froid, comme un œuf de fête d'école. Je ne me souviens pas d'avoir jamais été aussi plein d'une juste indignation.

— Ce que je veux, Jeeves, ce n'est pas une tranche de pain humide avec un morceau de sardine morte...

— Anchois, Monsieur.

— Ou d'anchois. Je ne suis pas d'humeur à couper les cheveux en quatre. J'exige une explication, et catégorique.

— Monsieur ?

— Vous ne vous en tirerez pas avec un « Monsieur ? ». Répondez-moi, Jeeves, simplement par oui ou par non. Pourquoi avez-vous dit à Plank de venir à Totleigh Towers ?

Je pensais que mon ordre le tire-bouchonnerait comme une chaussette mouillée, mais il resta de marbre.

— Mon cœur a fondu au récit des malheurs de Miss Byng, Monsieur. J'ai rencontré cette jeune dame par hasard, et je l'ai trouvée dans un état de dépression considérable résultant du refus de Sir Watkyn de donner la cure à Mr. Pinker. J'ai immédiatement compris qu'il était en mon pouvoir d'alléger sa détresse. J'avais appris au bureau de poste de Hockley-cum-Meston que le desservant allait bientôt prendre sa retraite et, connaissant le désir du major Plank de renforcer l'équipe de Hockley-cum-Meston, j'ai pensé que ce serait une excellente idée de le mettre en communication avec Mr. Pinker. Pour être en position d'épouser Miss Byng, Mr. Pinker a besoin d'une cure, et pour combattre avec succès les villages rivaux sur les terrains de rugby, le major Plank a besoin d'un curé avec la grande expérience de première ligne de Mr. Pinker. Leurs intérêts m'apparaissaient donc convergents.

— Eh bien, ça a marché. Putois a sauté sur l'occasion.

— Il va succéder à Mr. Bellamy comme desservant à Hockley-cum-Meston ?

— Aussitôt que Bellamy aura quitté sa charge.

— Je suis très heureux d'entendre cela, Monsieur.

Je restai silencieux un moment, occupé à soigner une crampe soudaine. Celle-ci disparue, je dis, toujours glacial :

— Vous pourriez être heureux si je n'étais pas resté un quart d'heure, à peu près, niché derrière le canapé, craignant à tout instant que Plank ne me découvre. Il ne vous est pas venu à l'idée de penser à ce qui allait arriver s'il me trouvait ici ?

— J'étais sûr que votre intelligence supérieure serait capable de trouver un moyen de l'éviter, Monsieur, comme cela a été le cas. Vous vous êtes caché derrière le canapé ?

— En vitesse.

— Une manœuvre très avisée de votre part, si je puis me permettre, Monsieur. Elle montre une ressource et une rapidité de pensée qu'on ne saurait trop admirer.

Ma glace fondit. Il n'est pas excessif de dire que je mollis. Il n'est pas fréquent qu'on me passe une telle pommade. Dans mon entourage, principalement ma tante Agatha, on est plus prompt à la critique qu'au dithyrambe. Et ce n'est donc qu'après avoir savouré pendant quelques instants l'expression « intelligence supérieure », si savourer est le mot qui convient, que je me souvins soudain que le mariage avec Madeline Bassett me menaçait toujours, ce qui me fit si visiblement sursauter qu'il me demanda si je ne me sentais pas bien. Je secouai ma cabêche.

— Pas physiquement, Jeeves, spirituellement.
— Je ne comprends pas tout à fait, Monsieur.
— Alors, voilà les nouvelles, de notre envoyé spécial Bertram Wooster. On va me marier.
— Vraiment, Monsieur ?
— Oui, Jeeves, marier. Les bans sont presque publiés.
— Pourrais-je prendre la liberté de demander...
— Avec qui ? Inutile de le demander. Gussie Fink-Nottle s'est enfui avec Emerald Stoker, créant ainsi un... comment dit-on ?
— Est-ce que vide serait le mot que vous cherchez, Monsieur ?
— C'est ça. Un vide qui doit être rempli. Sauf si vous trouvez un moyen de me sortir de ce mauvais pas.
— Je vais consacrer mes pensées à cet effet, Monsieur.
— Merci, Jeeves, dis-je.

Et j'aurais continué, mais à ce moment je vis que la porte s'ouvrait et je restai sans voix. Contrairement à ce que je craignais, ce n'était pas Plank, c'était seulement Stiffy.

— Salut, vous deux, dit-elle. Je cherche Harold.

Je vis d'un coup d'œil que Jeeves avait eu raison en décrivant Stiffy comme déprimée. Le front était nuageux et l'apparence générale était celle d'une âme désespérée. J'étais heureux de pouvoir ramener un peu de soleil dans sa vie. Oubliant provisoirement mes propres ennuis, je lui dis :

— Il te cherche. Il a une étrange histoire à te raconter. Tu connais Plank ?
— Et alors ? Qu'est-ce qu'il y a avec Plank ?
— Je vais te dire ce qu'il y a avec Plank. Jusqu'ici,

pour toi, Plank n'est qu'un personnage brumeux qui habite Hockley-cum-Meston, qui vend des statuettes d'ambre noir aux gens, mais il a une autre face.

Elle montrait une certaine impatience.

— Si tu penses que je m'intéresse à Plank...

— Tu ne t'y intéresses pas ?

— Pas du tout.

— Tu y viendras. Il a, comme je disais, une autre face. C'est un propriétaire terrien, avec des cures dans son apanage, et, pour faire d'une longue histoire une histoire courte, comme c'est toujours préférable, quand c'est possible, il vient d'en donner une à Putois.

Je ne m'étais pas trompé en supposant que cette information aurait un effet sensible sur son humeur noire. Je n'ai jamais vu un cadavre sauter hors de sa bière et revenir à la vie, mais j'imagine que ses débordements ressembleraient à ceux de la jeune Byng quand mes mots la frappèrent. Une soudaine lumière éclaira ses yeux qui étaient, comme l'avait justement fait remarquer Plank, grands et bleus. Un extatique « Loué soit le Seigneur ! » lui échappa. Puis les doutes semblèrent revenir et ses yeux s'assombrirent.

— C'est vrai ?

— Absolument officiel.

— Ce n'est pas une blague ?

Je me redressai, plutôt hautain.

— Il ne me viendrait pas à l'idée de te faire une blague pareille ! Penses-tu que Bertram Wooster soit du genre à trouver amusant de donner de l'espoir aux gens, seulement pour... quoi, Jeeves ?

— Les voir s'écraser au sol, Monsieur.

— Merci, Jeeves.

— De rien, Monsieur.

— Tu peux m'en croire. J'étais présent quand le marché a été conclu. Derrière le canapé, mais présent.

Elle semblait encore douter.

— Mais je ne comprends pas. Plank n'a jamais rencontré Harold.

— Jeeves les a fait se rencontrer.

— Vraiment, Jeeves ?
— Oui, Mademoiselle.
— Quel homme !
— Merci, Mademoiselle.
— Il a vraiment donné une cure à Harold ?
— La cure de Hockley-cum-Meston. Il enverra la lettre officielle ce soir. En ce moment, il y a encore un curé curetant, mais il est vieux et infirme et veut se démettre aussitôt qu'on lui trouvera un remplaçant. De la façon dont vont les choses, je pense que nous pourrons lâcher Putois sur les âmes de Hockley-cum-Meston dans les jours qui viennent.

Mes paroles simples et mon air sincère avaient balayé ses derniers doutes. Ses yeux brillaient plus comme deux étoiles que comme n'importe quoi d'autre, elle poussa des cris d'animaux et se mit à danser la gigue. À la fin, elle s'arrêta pour poser une question.

— De quoi Plank a-t-il l'air ?
— Qu'est-ce que tu veux dire ?
— Il n'a pas de barbe, au moins ?
— Non. Pas de barbe.
— Ça vaut mieux, parce que je veux l'embrasser. Mais s'il avait une barbe, ça me ferait hésiter.
— Oublie cette idée, la décourageai-je, car la psychologie de Plank était pour moi un livre ouvert.

Toute sa conversation de célibataire endurci m'avait donné l'impression qu'il préférait de beaucoup être piqué au mollet par une dague indigène plutôt que de se voir couvert de baisers par une péronnelle.

— Il aurait une attaque.
— Il faut que j'embrasse quelqu'un. Puis-je vous embrasser, Jeeves ?
— Non merci, Mademoiselle.
— Et toi, Bertie ?
— J'aimerais mieux pas.
— Alors, j'ai bien envie d'aller embrasser Oncle Watkyn, quoiqu'il se soit récemment conduit comme un infâme ver de terre.
— Comment ça, récemment ?

— Quand je l'aurai embrassé, je lui raconterai la nouvelle et je le tancerai vertement pour avoir laissé échapper un aussi bon curé. Je lui dirai que, quand il a refusé les services d'Harold, il a fait comme l'Indien.

Je ne la suivais plus.

— Quel Indien ?

— Celui dont ma gouvernante me faisait lire l'histoire, le pauvre idiot dont la main... Comment ça continue, Jeeves ?

— A jeté au loin une perle valant davantage que toute sa tribu, Mademoiselle.

— C'est ça. Je lui dirai que j'espère que le curé qu'il va trouver aura un rhume des foins chronique et bêlera pendant ses sermons. Au fait, en parlant d'Oncle Watkyn, je n'ai plus besoin de ça.

En disant ces mots, elle sortit de sa poche l'abomination d'ambre noir comme un prestidigitateur sortirait un lapin de son chapeau.

CHAPITRE XXII

C'était comme si elle avait soudain exhibé un serpent de la pire espèce. Je regardai la chose, accablé. C'était vraiment la cerise sur le gâteau !

— Où as-tu eu ça ? demandai-je d'une voix basse et tremblante.

— Je l'ai fauchée.

— Mais pourquoi diable as-tu fait ça ?

— C'est très simple. L'idée était d'aller trouver Oncle Watkyn et de lui dire que je ne la lui rendrais que s'il arrangeait les choses pour Harold. La politique du pouvoir, c'est ainsi qu'on appelle ça, n'est-ce pas, Jeeves ?

— Ou chantage, Mademoiselle.

— Oui, ou chantage, je suppose. Mais il ne faut pas être regardant sur la méthode quand on doit traiter avec quelqu'un comme Oncle Watkyn. Maintenant que Plank a arrangé la situation, nous pouvons nous conduire autrement, je n'ai plus besoin de cette horreur et je pense qu'il vaudrait mieux la remettre dans la chambre forte avant que quelqu'un s'aperçoive de sa disparition. Vas-y, Bertie. Voici la clé.

Je reculai comme si elle m'avait offert le chien Bartholomew. Me posant souvent au preux chevalier, j'aime à obliger le sexe faible quand c'est possible, mais il y a des moments où, seul, un *nolle prosequi* peut être utile, et je reconnus que c'était l'un d'eux. La seule pensée d'accomplir cet acte périlleux me donnait des boutons.

— Je ne m'approcherai pas de cette fichue salle des collections. Avec ma veine, j'y trouverais ton oncle Watkyn, bras dessus bras dessous avec Spode, et j'aurais du mal à expliquer ce que je viens faire là et comment j'y suis entré. De toute façon, je ne peux pas bouger tant que Plank est dans la maison.

Elle émit un de ses rires argentins, une pratique dont, comme je l'ai déjà dit, elle abuse un tantinet.

— Jeeves m'a raconté ton histoire avec Plank. Très drôle.

— Je suis heureux que ça t'amuse. Personnellement, ce n'est pas le cas.

Comme toujours, Jeeves trouva la solution.

— Si vous voulez me donner l'objet, Mademoiselle, je veillerai à ce qu'il soit remis en place.

— Merci, Jeeves. Eh bien, au revoir, tout le monde. Je vais chercher Harold, dit Stiffy avant de disparaître en dansant sur la pointe des pieds.

Je haussai une épaule.

— Les femmes, Jeeves !

— Oui, Monsieur.

— Quel sexe !

— Oui, Monsieur.

— Vous rappelez-vous ce que je vous ai dit sur Stiffy lors de notre précédente visite à Totleigh Towers ?

— Pas en ce moment, Monsieur.

— C'était quand elle m'avait lancé le casque du constable Oates juste comme ma chambre allait être fouillée par Pop Bassett et ses séides. Anticipant l'avenir, j'ai prévu que Stiffy, qui est cinglée des pieds à la tête, faisait des plans pour épouser le révérend H.P. Pinker, pas mal timbré lui-même, toujours à prêcher sur les Hivites et les Hittites, et je me demandais, si vous vous souvenez, à quoi pourraient bien ressembler leurs rejetons.

— Oui, Monsieur, je me rappelle, maintenant.

— Je me demandais s'ils allaient hériter les loufoqueries combinées de leurs parents.

— Oui, Monsieur, vous étiez particulièrement inquiet,

si je me souviens bien, du bien-être des nurses, gouvernantes, maîtres d'école et professeurs qui en auraient la charge.

— Sans savoir qu'ils allaient se frotter à quelque chose de plus piquant que la moutarde. Exactement. Cette pensée me pèse encore. Cependant, nous n'avons pas le loisir de poursuivre sur ce sujet. Vous feriez mieux de remettre cet objet hideux à sa place sans délai.

— Oui, Monsieur. S'il faut le faire, autant le faire tout de suite, dit-il en se dirigeant vers la porte.

Et je fus frappé, comme si souvent, par la clarté avec laquelle il disait les choses.

C'était le moment d'adopter la stratégie que j'avais eue à l'esprit depuis le début, c'est-à-dire, filer par la fenêtre. Avec Plank en liberté dans la maison, qui pouvait revenir à tout moment là où on trouvait à boire, je ne serais en sécurité qu'en allant dans une lointaine allée d'ifs ou de rhododendrons pour y rester caché jusqu'à son départ. Je me hâtai donc vers la fenêtre, mais, à mon grand chagrin, je m'aperçus que Bartholomew, au lieu de continuer sa ronde, avait décidé de faire la sieste juste au-dessous. J'avais déjà passé une jambe au-dehors avant de le remarquer. Une demi-seconde trop tard, je lui tombais dessus comme la douce pluie du ciel sur le gazon.

Je n'eus aucune difficulté à reconnaître que la situation était ce que les Français appellent une *impasse** et, tandis que je soupesais les options qui me restaient, j'entendis des bruits de pas. Pensant que « autant le faire tout de suite », je repartis vers le canapé, battant mon record précédent d'une bonne seconde.

Je fus surpris, recroquevillé dans mon petit nid, par la complète absence de dialogue qui suivit. Jusqu'ici, tous mes visiteurs avaient commencé à parler dès qu'ils étaient entrés et il me sembla bizarre que je reçoive cette fois un couple de sourds-muets. Risquant un œil prudent, je m'aperçus que j'avais eu tort de croire qu'ils étaient plusieurs. Madeline était entrée, seule. Elle se dirigeait vers le piano et quelque chose me dit qu'elle avait l'intention de chanter de vieilles complaintes populaires, un passe-temps qui, comme je l'ai déjà dit, occupait beaucoup de ses loisirs. Elle s'adonnait particulièrement à cette nuisance quand son âme était triste et nécessitait du réconfort, comme c'était sans doute le cas en ce moment.

Mes craintes se réalisèrent. Elle en chanta deux d'affilée et la pensée que cette sorte de chose pourrait être une des habitudes de notre vie de couple me glaça jusqu'à la moelle des os. J'ai toujours été ce qu'on peut appeler allergique aux complaintes populaires, plus elles sont vieilles, moins je les aime. Heureusement, avant qu'elle ne puisse en commencer une troisième, elle fut interrompue. On entendit des pas, la poignée de la porte tourna, une respiration oppressée se fit ouïr et une voix dit « Madeline ». La voix de Spode, rauque d'émotion.

— Madeline, dit-il. Je vous ai cherchée partout.

— Oh, Roderick. Comment va votre œil ?

— Qu'importe mon œil ? dit Spode. Je ne suis pas venu ici pour parler d'yeux.

— On dit qu'une escalope diminue le gonflement.

— Ni d'escalopes. Sir Watkyn m'a mis au courant de l'horrible nouvelle à propos de vous et Wooster. Est-il vrai que vous allez l'épouser ?

— Oui, Roderick, c'est vrai.

— Mais vous ne pouvez pas aimer un idiot sans cervelle comme Wooster ! dit Spode.

Je trouvai sa remarque vraiment offensante. « Choisissez un peu mieux vos mots, Spode ! » eussé-je pu lui dire, surgissant de derrière le canapé pour le défier. Mais, pour une raison ou pour une autre, je ne le fis pas. Au contraire, je restai tapi dans mon nid et j'entendis soupirer Madeline, à moins qu'il ne se fût agi d'un courant d'air derrière le canapé.

— Non, Roderick, je ne l'aime pas. Il ne fait vibrer rien d'essentiel en moi. Mais je sens que mon devoir est de le rendre heureux.

— Tchah ! fit Spode, du moins ça y ressemblait. Pourquoi diable voulez-vous rendre heureux un ver de terre comme Wooster ?

— Il m'aime, Roderick. Vous devez avoir remarqué cette vénération muette dans ses yeux, quand il me regarde.

— J'ai mieux à faire que de regarder Wooster dans les yeux ! Mais je veux bien croire qu'ils ont l'air muets. Vous devez renoncer à cette idée, Madeline.

— Je ne vous comprends pas, Roderick.

— Vous allez comprendre.

— Aïe !

Je pense qu'avec « vous allez comprendre » il a dû l'attraper par le poignet, car le « Aïe ! » avait suivi fort et clair. Mon soupçon se confirma quand elle dit qu'il lui faisait mal.

— Je suis désolé, désolé, dit Spode. Mais je refuse de vous laisser ruiner votre vie. Vous ne pouvez pas épouser ce Wooster. C'est moi que vous devez épouser.

J'étais de tout cœur avec lui. Je n'avais jamais vraiment apprécié Roderick Spode, mais j'aimais ce qu'il disait. Encore un peu, et Bertram serait dégagé de ses obligations d'honneur. Je regrettais seulement qu'il n'ait pas suivi plus tôt cette ferme ligne de conduite.

— Je vous aime depuis que vous êtes haute comme ça.

N'étant pas capable de le voir, je ne sais pas avec certitude comment elle était haute, mais je suppose que sa main ne devait pas être très loin du sol. Quelques décimètres, peut-être. À peu près ça, je pense.

Madeline était remuée. Je l'entendis glousser.

— Je sais, Roderick, je sais.

— Vous aviez deviné mon secret ?

— Oui, Roderick. Comme la vie est triste !

Spode refusa d'entrer dans ses vues.

— Pas du tout. La vie est belle. Du moins, elle le sera si vous laissez tomber cet imbécile de Wooster et si vous m'épousez.

— Je vous ai toujours beaucoup aimé, Roderick.

— Eh bien, alors ?

— Donnez-moi le temps d'y penser.

— Allez, prenez tout le temps que vous voudrez.

— Je ne veux pas briser le cœur de Bertie.

— Pourquoi pas ? Ça lui apprendrait.
— Il m'aime si tendrement.
— Impossible ! Il n'a jamais rien aimé de sa vie, si ce n'est un martini dry !
— Comment pouvez-vous dire ça ? N'est-il pas venu ici parce qu'il ne pouvait plus vivre sans moi ?
— Ce n'est pas pour ça qu'il est venu. Ne vous laissez pas abuser ! Il est venu pour voler la statuette d'ambre de votre père.
— Quoi ?
— Croyez-moi. En plus d'être un âne bâté, c'est un voleur de bas étage.
— Ça ne peut pas être vrai !
— Bien sûr que c'est vrai. Son oncle veut cette chose pour sa collection. Je l'ai entendu comploter au téléphone avec sa tante il y a une demi-heure. Il disait : « Ça ne sera pas facile, je ferai de mon mieux. Je sais combien Oncle Tom convoite cette statuette. » Il vole tout le temps des choses. La toute première fois que je l'ai rencontré, dans une boutique d'antiquités de Brompton Road, il a été à deux doigts de s'en aller avec le parapluie de votre père.

Une accusation monstrueuse, que je peux aisément réfuter. Lui, Pop Bassett et moi, nous étions bien, je le concède, dans cette boutique d'antiquités de Brompton Road à laquelle il faisait allusion, mais l'histoire du parapluie n'était rien de plus qu'une méprise risible. Pop Bassett avait posé cet instrument anonyme contre une chaise du XVIIe siècle, et ce qui me fit le prendre n'est que l'instinct primaire qui pousse un homme dépourvu de parapluie, comme je l'étais ce matin-là, à saisir inconsciemment celui qui est près de sa main, comme une fleur se tourne vers le soleil. Tout aurait pu s'expliquer en deux mots, mais ils ne m'en avaient pas laissé placer un seul, et la honte était restée sur moi.

— Vous me choquez, Roderick, dit Madeline.
— Je pensais bien que cela vous frapperait.
— Si c'est vrai, si Bertie est vraiment un voleur...
— Eh bien ?

— Naturellement, je ne voudrai plus rien avoir à faire avec lui. Mais je n'arrive pas à y croire.

— Je vais chercher Sir Watkyn, dit Spode. Peut-être le croirez-vous.

Pendant plusieurs minutes après son départ, Madeline dut rester rêveuse, car je n'entendis plus rien. Puis la porte s'ouvrit et le bruit suivant fut une toux que je n'eus aucun mal à reconnaître.

CHAPITRE XXIII

C'était cette douce toux de Jeeves, qui me fait toujours penser à un très vieux mouton qui s'éclaircirait la gorge au sommet d'une lointaine montagne. Il toussa ainsi à mon adresse, si vous vous rappelez, quand je me présentai pour la première fois à sa vue surmonté de mon chapeau tyrolien. En général, elle signifie la désapprobation, mais je l'ai aussi entendue quand il voulait aborder un sujet de nature particulièrement délicate. Quand il parla, je sus que c'était le cas maintenant, car il y avait quelque chose de furtif dans sa voix.

— Je me demandais si vous pourriez me consacrer un peu de votre temps, Mademoiselle.

— Bien sûr, Jeeves.

— C'est en référence à Mr. Wooster.

— Ah oui ?

— Je dois commencer par dire que je suis passé par hasard devant la porte quand Lord Sidcup vous parlait et j'ai entendu, par inadvertance, les observations de Sa Seigneurie au sujet de Mr. Wooster. Sa Seigneurie a une voix qui porte. Et je me trouve dans une position équivoque, déchiré entre la loyauté envers mon employeur et le désir de faire mon devoir de citoyen.

— Je ne vous comprends pas, Jeeves, dit Madeline Bassett, ce qui fait que nous étions deux.

Il toussa à nouveau.

— Je ne voudrais pas prendre de libertés, Mademoiselle, mais si je peux parler franchement...
— Je vous en prie.
— Merci, Mademoiselle. Les paroles de Sa Seigneurie semblent confirmer une rumeur qui circule à l'office, celle que vous pensez à une union matrimoniale avec Mr. Wooster. Serais-je indiscret en vous demandant si c'est exact ?
— Oui, Jeeves, c'est tout à fait vrai.
— Si vous me pardonnez de le dire, je pense que vous faites une erreur.

« Bien parlé, Jeeves, vous êtes sur la bonne voie », songeai-je. J'espérais qu'il allait parvenir à l'en convaincre. J'attendis anxieusement la réponse de Madeline, craignant un peu qu'elle ne monte sur ses grands chevaux et ne le renvoie. Mais non. Elle répéta seulement qu'elle ne le comprenait pas.

— Si je pouvais vous expliquer, Mademoiselle. Je suis honteux de critiquer mon employeur, mais je crois que vous devez savoir qu'il est kleptomane.
— Quoi ?
— Oui, Mademoiselle, j'espérais pouvoir préserver son petit secret, comme je l'ai fait jusqu'ici, mais il va trop loin, maintenant, et je ne peux plus garder le silence. En ouvrant son tiroir, cet après-midi, j'ai découvert cette petite chose cachée sous ses sous-vêtements.

J'entendis Madeline faire un bruit de siphon qui se vide.

— Mais ça appartient à mon père !
— Si je puis dire, rien n'appartient plus à personne dès que Mr. Wooster en a envie.
— Alors, Lord Sidcup avait raison ?
— Précisément, Mademoiselle.
— Il a dit que Mr. Wooster a essayé de voler le parapluie de mon père.
— Je l'ai entendu, et l'accusation est fondée. Parapluies, bijoux, statuettes, tout lui est bon. Je pense qu'il ne peut pas s'en empêcher. C'est une forme de maladie

mentale. Mais je ne sais pas si un jury accepterait ce point de vue.

Madeline se remit à imiter le siphon.

— Vous voulez dire qu'il pourrait aller en prison ?

— C'est une possibilité qui me semble loin d'être improbable.

Je sentis, là encore, qu'il était sur la bonne voie. Ses sens entraînés lui disaient que, s'il est une chose qui peut dissuader une fille d'épouser un type, c'est la pensée que la lune de miel pourrait être gâchée par l'arrivée inopinée d'inspecteurs dans leur nid d'amour, venus alpaguer le mari pour un quelconque larcin. Nulle jeune épouse n'aime ce genre de chose, et vous ne pouvez pas la blâmer de préférer faire équipe avec quelqu'un comme Spode qui, bien qu'il soit un gorille à forme humaine, est connu pour rester strictement du bon côté de la loi. J'entendais presque les pensées de Madeline se tourner dans cette direction et j'applaudissais Jeeves pour sa profonde connaissance de la psychologie humaine, comme il appelle ça.

Bien sûr, je comprenais que tout cela allait rendre ma position dans la maison Bassett plutôt délicate, mais, parfois, seul le bistouri est de rigueur. Et j'avais la pensée réconfortante que, si jamais je sortais un jour de derrière ce canapé, je me glisserais dehors, vers ma voiture, appuierais sur le champignon et gagnerais les parages de Londres sans m'attarder pour dire au revoir et merci pour ce délicieux séjour. Cela éluderait (est-ce bien éluder ?) toute entrevue désagréable.

Madeline continuait, secouée.

— Mon Dieu ! Mon Dieu ! disait-elle.

— Oui, Mademoiselle.

— C'est un tel choc.

— Je comprends parfaitement, Mademoiselle.

— Êtes-vous au courant depuis longtemps ?

— Depuis que je suis entré au service de Mr. Wooster.

— Oh, mon Dieu ! Eh bien, merci, Jeeves.

— De rien, Mademoiselle.

Je pense qu'alors Jeeves dut sortir, parce que le silence tomba et rien ne se passa, sauf que mon nez se mit à me démanger. J'aurais volontiers donné dix livres pour pouvoir éternuer, mais, bien sûr, c'était en dehors de mes possibilités actuelles. Je restai donc caché là, pensant à diverses choses, quand la porte s'ouvrit de nouveau, cette fois-ci pour faire entrer toute une bande. Je pouvais voir trois paires de chaussures et je déduisis que c'étaient celles de Spode, Pop Bassett et Plank. Spode, il faut le rappeler, était allé chercher Pop, et Plank s'était probablement embarqué avec eux, espérant sans doute quelque chose pour humecter la fin de son voyage. Spode parla le premier et sa voix sonna avec le triomphe qui sied à un prétendant qui a surpris un dangereux rival la main dans le sac.

— Nous voilà, dit-il. J'ai amené Sir Watkyn pour corroborer mon avis que Wooster est un voleur de bas étage, toujours prêt à faucher ce qui n'est pas cloué au sol. Vous êtes d'accord, Sir Watkyn ?

— Tout à fait, Roderick. Il y a à peu près un mois que lui et sa tante m'ont volé ma crémière-vache.

— Qu'est-ce qu'une crémière-vache ? demanda Plank.

— Un pot à crème en argent, l'un des joyaux de ma collection.

— Ils l'ont emporté ?

— Exactement.

— Ah ! dit Plank. Dans ce cas, je crois que je vais prendre un whisky-soda.

Pop Bassett était lancé sur son thème. Sa voix couvrit le sifflement du siphon de Plank.

— Et c'est uniquement par la grâce de la Providence si Wooster n'a pas fauché mon parapluie, l'autre jour, dans Brompton Road. Si ce jeune homme a un défaut plus marqué que les autres, c'est de ne pas savoir faire la différence entre le mien et le tien. Il a comparu devant moi, au tribunal, accusé, je m'en souviens, d'avoir volé le casque d'un policier. J'ai regretté de ne pouvoir lui infliger qu'une amende de cinq livres.

— Coupable mansuétude, dit Spode.

— C'est bien ce que j'ai pensé aussi, Roderick. Une leçon plus sévère lui aurait fait le plus grand bien.

— Il ne faut jamais laisser ces types s'en tirer à bon compte, dit Plank. J'avais un serviteur, au Mozambique, qui avait l'habitude de fumer mes cigares, et je lui ai bêtement pardonné parce qu'il m'a dit qu'il avait compris et que tout irait bien à l'avenir. Moins d'une semaine plus tard, il a filé avec une boîte de havanes et mon dentier, qu'il a vendu à un chef indigène des environs. Ça m'a coûté une caisse de gin et deux colliers pour le récupérer. Il n'y a que la sévérité. La main de fer. Tout le reste est pris pour de la faiblesse.

Madeline émit un sanglot. Du moins, ça fit un bruit de sanglot.

— Mais, papa.
— Oui ?
— Je pense que Bertie ne peut pas s'en empêcher.
— Ma chère enfant, c'est justement son habitude de faire main basse sur tout ce qu'il rencontre que nous réprouvons.
— Je veux dire qu'il est kleptomane.
— Hein ? Qui t'a dit ça ?
— Jeeves.
— C'est bizarre. Comment en êtes-vous venus à parler de ça ?
— Il me l'a dit en me donnant ceci. Il l'a trouvé dans la chambre de Bertie. Il était très inquiet.

Il y eut un moment de silence, sidéré, je suppose. Puis Pop Bassett dit : « Dieu du ciel ! » et Plank dit : « Mais c'est cette petite chose que je vous avais vendue, Bassett ! » Madeline eut un autre sanglot et mon nez se remit à me démanger.

— C'est vraiment étonnant, fit Pop. Tu dis qu'il l'a trouvée dans la chambre de Wooster ?
— Cachée dans ses sous-vêtements.

Pop Bassett fit entendre un son semblable au dernier soupir d'un canard mourant.

— Comme vous aviez raison, Roderick ! Vous disiez que l'objet de sa venue était le vol de cette statue. Mais je me demande comment il est entré dans la chambre forte.
— Ces types ont leurs méthodes.

— Ce truc semble très demandé, dit Plank. Il y avait chez moi, hier, un jeune criminel au visage de voyou qui était venu pour essayer de me le vendre.

— Wooster !

— Non, ce n'était pas Wooster. Le nom de ce type était Joe le Tyrolien.

— Wooster doit, naturellement, adopter un pseudonyme.

— C'est possible, je n'y avais pas pensé.

— Bon. Avec tout ça... dit Pop Bassett.

— Oui, avec tout ça, dit Spode, vous n'allez certainement pas épouser cet homme, Madeline. Il est pire que Fink-Nottle.

— Qui est Fink-Nottle ? demanda Plank.

— Celui qui s'est enfui avec Stoker, dit Pop.

— Qui est Stoker ? demanda Plank.

De toute ma vie, je n'ai jamais rencontré quelqu'un qui fût aussi affamé d'informations.

— La cuisinière.

— Ah oui ! Je me souviens que vous m'en avez parlé. Il savait ce qu'il faisait, ce type. Je suis complètement opposé à toute forme de mariage mais, s'il faut épouser quelqu'un, c'est encore sauver les meubles que d'épouser une femme qui sait quoi faire avec un rôti de bœuf. J'ai connu un type, en Malaisie, qui...

Il allait probablement repartir sur une anecdote plaisante, mais Spode ne le laissa pas continuer. S'adressant à Madeline, il dit :

— Ce que vous allez faire, c'est m'épouser, je ne veux pas de discussion. D'accord, Madeline ?

— Oui, Roderick, je serai votre femme.

Le « Youpi ! » de Spode raviva la démangeaison de mon nez.

— Bravo ! Voilà comment j'aime vous entendre parler ! Allons dans le jardin, il faut que je vous parle.

J'imagine qu'après ça il doit l'avoir enlacée et emmenée dehors, parce que j'ai entendu la porte se fermer. Et, juste après, Pop Bassett hurla un « Youpi ! » d'une intensité presque égale à celui qui était sorti des lèvres de Spode. C'était un père heureux, et je comprenais facilement pourquoi. Un parent dont la fille, après voir presque épousé Fink-Nottle, après m'avoir presque épousé, voit enfin la lumière et met le grappin sur un membre prospère de l'aristocratie britannique, peut se réjouir à juste titre. Je n'aimais pas Spode, j'aurais vu avec joie une matrone péruvienne lui piquer le mollet avec une dague, mais il fallait bien admettre que, maritalement parlant, c'était une affaire.

— Lady Sidcup ! dit Pop Bassett en roulant les mots dans sa bouche comme un vieux porto.

— Qui est Lady Sidcup ? demanda Plank, désireux, comme toujours, de se tenir au courant.

— Ma fille va bientôt le devenir. Un des plus vieux titres d'Angleterre. C'est Lord Sidcup qui vient de sortir.

— Je croyais qu'il s'appelait Roderick.

— Son prénom est Roderick.

— Ah ! dit Plank. Maintenant je comprends. J'ai tous les éléments. Votre fille allait épouser un nommé Fink-Nottle ?

— Oui.

— Puis elle devait épouser ce type, Wooster ou Joe le Tyrolien, peut-être ?

— Oui.

— Et maintenant, elle va épouser Lord Sidcup ?

— Oui.

— C'est clair comme le cristal, dit Plank. Je savais que je finirais par comprendre. C'est juste une affaire de concentration et d'élimination. Vous approuvez ce mariage ? Pour autant, bien sûr, ajouta-t-il, qu'on puisse approuver n'importe quel mariage.

— Certainement.

— Alors, je crois que ça mérite un autre whisky-soda.

— Je vous accompagne, dit Pop Bassett.

C'est à ce moment que, incapable de me contenir plus longtemps, j'éternuai.

— Je savais qu'il y avait quelque chose derrière ce canapé, dit Plank en le contournant.

Il me gratifia du regard qu'il devait avoir, jadis, pour

les chefs indigènes qui ne comprenaient pas les règles du rugby.

— De drôles de bruits sortaient de là. Seigneur ! C'est Joe le Tyrolien !

— C'est Wooster !

— Qui est Wooster ? Ah oui, vous me l'avez dit, n'est-ce pas ? Quelles mesures vous proposez-vous de prendre ?

— Je vais sonner Butterfield.

— Qui est Butterfield ?

— Mon majordome.

— Pourquoi avez-vous besoin d'un majordome ?

— Pour qu'il amène Oates.

— Qui est Oates ?

— Le policier local. Il est dans la cuisine, il boit un verre de whisky.

— Whisky ! dit Plank, pensif, puis, comme mû par un souvenir, il se dirigea vers la table.

La porte s'ouvrit.

— Oh, Butterfield, voulez-vous dire à Oates de venir ici ?

— Très bien, Sir Watkyn.

— Pas très en forme, ce lascar, dit Plank en regardant sortir Butterfield. Il aurait besoin de quelques matches de rugby pour le remettre d'aplomb. Qu'est-ce que vous allez faire de Joe le Tyrolien ? Vous portez plainte ?

— Bien sûr. Il croit sans doute que j'hésiterai devant le scandale, mais il a tort. Je laisserai la justice suivre son cours.

— Parfait. Chargez-le au maximum. Vous êtes bien juge de paix ?

— Oui. Et j'ai l'intention de lui coller vingt-huit jours.

— Ou soixante ? C'est un chiffre rond, soixante. Vous ne pourriez pas aller jusqu'à six mois, je suppose ?

— Je crains que non.

— Non, j'imagine. Vous avez un tarif imposé. Enfin ! Vingt-huit jours, c'est mieux que rien.

— Le constable Oates, dit Butterfield, paraissant à la porte.

CHAPITRE XXIV

Je ne sais pas pourquoi, mais on se sent toujours un peu idiot quand on est embarqué au violon. Du moins, c'est ainsi que je le ressens. Je veux dire que vous êtes là, vous et le bras de la justice, trottinant côte à côte, vous sentez que, dans un sens, c'est votre hôte et que vous devriez vous intéresser à lui. Mais il est difficile de trouver un sujet sur lequel échanger des idées, et la conversation n'est pas aisée. Je me souviens qu'à l'école, celle où j'ai gagné mon prix d'Histoire sainte, le révérend Aubrey Upjohn, le principal, nous emmenait un par un pour une promenade pédagogique, le dimanche après-midi, et j'ai toujours trouvé difficile de briller quand mon tour venait. C'était pareil en cette occurrence, quand j'accompagnais le constable Oates au poste de police du village. Il ne servirait à rien de prétendre que j'y allais de bon cœur.

Probablement, si j'avais été un bandit de grande envergure, passible de dix ans pour cambriolage, ou incendie, ou autre chose, ça aurait été différent, mais je n'étais que du menu fretin, passible de seulement vingt-huit jours, et je ne pouvais m'empêcher de penser que le policier me regardait avec dédain. Il ne reniflait pas vraiment, mais ses manières étaient méprisantes, comme s'il sentait que je ne valais pas la peine qu'il y mette les dents.

Il y avait autre chose, bien sûr. En racontant ma précédente visite à Totleigh Towers, j'ai mentionné que, quand Pop Bassett m'avait enfermé dans ma chambre, il avait fait stationner le policier local sur la pelouse pour veiller à ce que je ne me sauve pas par la fenêtre. Le policier local était ce même Oates, et, comme il pleuvait à verse cette fois-là, il m'en gardait certainement rancune. Seul un constable des plus charmants pourrait voir d'un œil indulgent le type qui lui a fait attraper le pire rhume de cerveau de sa carrière.

En tout cas, il se montrait maintenant avare de paroles, mais excellent pour ce qui est de mettre les gens en cellule. Il n'y en avait qu'une dans le royaume de Totleigh-in-the-Wold, mais je l'avais pour moi tout seul, un joli petit appartement, avec une fenêtre, sans barreaux, mais trop petite pour qu'on sorte par là, une grille à la porte, un lit de planche et cette odeur puissante des ivrognes et des fauteurs de troubles qui y avaient trouvé refuge. J'étais incapable de dire si elle était supérieure ou inférieure à celle où on m'avait mis à Bosher Street. Néanmoins, pas très différente, ni dans un sens ni dans l'autre.

Dire que, quand je m'allongeai sur le lit de planche, je tombai dans un sommeil sans rêve serait tromper mes lecteurs. Je passai une nuit agitée. J'aurais juré, en fait, que je ne dormis pas du tout, mais je suppose que c'est faux, car ma vision suivante fut celle du soleil à travers la fenêtre et de mon hôte qui m'apportait le petit déjeuner.

Je le dévorai avec un appétit inhabituel pour moi à pareille heure. À la fin du repas, je pêchai une vieille enveloppe et fis ce que j'avais déjà fait avant, quand les vicissitudes du Destin m'avaient frappé, c'est-à-dire que j'établis une liste de Crédits et de Débits, comme le faisait, je crois, Robinson Crusoé. L'idée étant de savoir où j'en étais au moment où nous mettons sous presse. J'obtins le résultat suivant :

CRÉDIT	DÉBIT
Pas trop mauvais, comme petit déjeuner. Le café était bon. C'était surprenant.	Ne pense pas qu'à ton estomac, gibier de potence !
Qui est un gibier de potence ?	Tu es un gibier de potence.
Peut-être qu'on peut dire ça. Mais je suis innocent. Mes mains sont propres.	Plus que ta figure !
Je ne suis pas à mon avantage ?	Tu ressembles à quelque chose que le chat vient de ramasser.
Un bain serait le bienvenu.	Tu crois trouver ça en prison ?
Tu penses vraiment...	Tu as entendu ce qu'a dit Pop Bassett.
Je me demande à quoi ça ressemble, de faire vingt-huit jours. Jusqu'ici, je n'étais venu que pour une nuit.	Tu vas détester ça. Tu vas t'ennuyer à mourir.
Je ne sais pas. Ils vous donnent bien un savon et un livre de cantiques ?	Qu'est-ce que tu veux faire d'un savon et d'un livre de cantiques ?
Je pourrais inventer un jeu d'intérieur avec ça. N'oublie pas que je n'épouse pas Madeline Bassett. Qu'est-ce que tu as à répondre à ça ?	

Le Débit ne répondit pas. Il n'avait plus rien à dire. Oui, pensai-je, tandis que je cherchais dans tous les coins s'il ne restait pas une miette de pain, cela compensait toutes mes vicissitudes. Après y avoir songé un moment, je commençais à me réconcilier avec mon sort quand une voix argentine me fit sursauter comme une sauterelle étonnée. Je me demandai d'où elle pouvait venir, d'abord, puis je spéculai sur la possibilité que ce soit mon ange gardien, bien que j'aie toujours pensé, je ne sais pas pourquoi, qu'il était du sexe masculin. Puis je vis quelque chose qui ressemblait à un visage humain, et une inspection plus poussée m'apprit que c'était Stiffy.

Je la coucou-ai cordialement puis exprimai quelque surprise de la trouver en ces lieux.

— Je n'aurais pas cru qu'Oates te laisserait entrer. Ce n'est pourtant pas le jour des visites.

Elle m'expliqua que l'officier zélé était allé à la maison voir son oncle Watkyn et qu'elle s'était glissée derrière son dos dès qu'il était sorti.

— Oh, Bertie, dit-elle, je voudrais pouvoir te donner une lime.

— Qu'est-ce que je ferais d'une lime ?

— Pour scier les barreaux, idiot !

— Il n'y a pas de barreaux.

— Ah ! Il n'y en a pas ? Ça rend les choses plus difficiles. Il faut laisser tomber, alors. Tu as déjeuné ?

— Je viens juste de finir.

— C'était bon ?

— Assez mangeable.

— Je suis contente d'entendre ça, parce que je suis bourrelée de remords.

— Toi ? Pourquoi ?

— Utilise ta cervelle. Si je n'avais pas fauché la statuette, rien de tout ceci ne serait arrivé.

— Oh ! Ne t'en fais pas.

— Mais je m'en fais. Veux-tu que je dise à Oncle Watkyn que tu es innocent, que je suis la coupable ? Il faut blanchir ta réputation.

Je mis promptement le holà à sa suggestion.

— Certainement pas. N'y pense même pas.

— Mais tu ne veux pas que ton nom soit lavé de toute infamie ?

— Pas si tu dois prendre l'opprobre sur toi.

— Oncle Watkyn ne m'enverrait pas en prison.

— Je ne pense pas, mais Putois l'apprendrait et serait choqué jusqu'à la moelle.

— Aïe ! Je n'avais pas pensé à ça.

— Penses-y ! Il ne pourrait pas s'empêcher de se demander si c'est bien prudent pour un curé de s'unir à quelqu'un dans ton genre. Des doutes, c'est ça qu'il aurait, et des scrupules. Ce n'est pas comme si tu allais devenir la pépée d'un gangster. Le gangster serait ravi de te voir faire main basse sur tout ce qui traîne, il t'encouragerait de la voix et du geste, mais c'est différent avec Putois. Quand il t'épousera, il voudra que tu t'occupes des fonds de la paroisse. S'il apprend les faits, il n'aura plus un instant de tranquillité.

— Je vois ce que tu veux dire. Oui, là, tu as raison.

— Pense qu'il frémirait chaque fois qu'il te verrait près du plateau de la quête. Non. Le silence et le secret sont la seule ligne de conduite raisonnable.

Elle soupira un peu, comme si sa conscience la troublait. Mais elle vit la force de mon raisonnement.

— Je suppose que tu as raison. Mais je déteste l'idée de te voir faire de la prison.

— Il y a des compensations.

— Comme quoi ?

— Je suis sauvé de l'échafaud.

— De l'... Oh ! Je vois ce que tu veux dire. Tu échappes à Madeline.

— Exactement. Et, comme je me rappelle te l'avoir dit une fois, sans rien sous-entendre de désobligeant pour Madeline, l'idée de lui être uni par les liens sacrés du mariage donne à ton vieux copain des frissons tout le long de sa colonne vertébrale. Je n'ai rien contre elle, j'aurais le même sentiment à l'idée d'épouser les femmes les plus nobles. Il y a des femelles qu'on peut respecter, admirer, révérer, mais seulement à distance. Et Madeline appartient à cette engeance.

J'allais développer ce thème, avec, peut-être, une référence aux vieilles complaintes populaires, quand une voix bourrue interrompit notre tête-à-tête, si on peut appeler une chose tête-à-tête quand on est de part et d'autre d'une porte grillagée. C'était le constable Oates, de retour de son excursion. La présence de Stiffy lui déplut et il parla sévèrement.

— Qu'est-ce que c'est que tout ça ?
— Tout ça quoi ? riposta Stiffy avec esprit.

Je me souviens d'avoir pensé que, là, elle lui avait rivé son clou.

— C'est contraire au règlement de parler au prisonnier, mademoiselle.
— Oates, dit Stiffy, vous êtes un crétin.

C'était profondément vrai, mais cela sembla lui déplaire. Il prit ombrage de l'accusation et le dit. Alors Stiffy répondit qu'elle ne voulait plus bavarder avec lui.

— Vous me rendez malade. J'étais juste venue lui remonter le moral.

Il me sembla que l'officier reniflait amèrement, ce qui s'expliqua un moment plus tard.

— C'est à moi qu'il faut remonter le moral, dit le constable. Je viens de voir Sir Watkyn et il dit qu'il ne porte pas plainte.
— Quoi ? criai-je.
— Quoi ? hurla Stiffy.
— Eh oui, dit le constable.

On pouvait voir que, bien qu'il y ait du soleil dans le ciel, il n'y en avait pas dans son cœur. Je pouvais sympathiser avec lui, bien sûr. Rien ne rend plus malade un représentant de l'ordre que de devoir relâcher un criminel. Il se trouvait dans la position d'un crocodile du Zambèze ou d'un puma du Brésil qui auraient retenu Plank pour leur dîner et l'auraient vu se réfugier au sommet d'un arbre très haut.

— Spolier la police, voilà comment j'appelle ça, dit-il.

Et je crois qu'il cracha par terre. Je ne le voyais pas, bien sûr, mais j'entendis le bruit.

Stiffy poussa un « Youpi ! » de joie et j'en poussai un moi-même, si je me souviens bien. Quoique ayant présenté un front impavide, je n'avais, au fond, jamais beaucoup apprécié l'idée de pourrir vingt-huit jours dans une cellule de donjon. La prison, ça va une nuit, mais il ne faut pas en abuser.

— Alors, qu'est-ce que vous attendez ? dit Stiffy. Bougez-vous, officier. Ouvrez ces portes !

Oates les ouvrit, sans essayer de dissimuler son chagrin et son désappointement, et je sortis avec Stiffy dans le monde extérieur, hors des murs de la geôle.

— Au revoir, Oates, dis-je en partant, car il faut toujours rester courtois. J'ai été heureux de vous rencontrer. Comment vont Mrs. Oates et les petits ?

Sa seule réponse fut un bruit qui rappelait l'hippopotame sortant sa patte de la boue sur la berge d'une rivière, et je vis Stiffy froncer les sourcils, comme si ses manières l'avaient offensée.

— Tu sais, me dit-elle quand nous atteignîmes les grands espaces, nous devrions vraiment faire quelque chose pour Oates, quelque chose qui lui apprendrait que nous ne sommes pas dans ce monde pour notre seul plaisir. Je n'ai pas d'idée pour l'instant, mais si nous nous y mettions à deux, nous trouverions sûrement. Tu devrais rester, Bertie, et m'aider à lui jouer un bon tour.

Je levai un sourcil.

— Comme hôte de ton oncle Watkyn ?

— Tu pourrais aller habiter avec Harold. Il y a une chambre libre dans le cottage où il vit.

— Désolé, non merci.

— Tu ne veux pas rester ?

— Pas vraiment. J'ai l'intention de mettre autant de distance que possible aussi vite que possible entre Totleigh-in-the-Wold et moi. Inutile de me traiter de poule mouillée parce que je serai inflexible.

Elle fit ce qu'on appelle, je crois, une *moue**. On fait ça en poussant les lèvres vers l'extérieur puis en les rentrant à nouveau.

— Je pensais bien qu'il ne servait à rien de te le demander. Pas d'âme, voilà l'ennui chez toi. Pas d'esprit d'entreprise. Il faudra que je le fasse faire à Harold.

Et comme je restais là, frémissant à l'image que suggéraient ses paroles, elle s'en alla en colère. Je me demandais encore dans quelle sorte de panade elle avait l'intention de mettre ce pauvre Putois, tout en espérant qu'il aurait assez de bon sens pour ne pas s'y laisser entraîner, quand Jeeves arriva dans la voiture. Une vue réconfortante.

— Bonjour, Monsieur, dit-il. J'espère que vous avez bien dormi.

— Moyennement, Jeeves. Ces lits de planche ne sont pas l'idéal pour les parties charnues.

— Je veux bien l'imaginer, Monsieur. Votre nuit pénible vous a laissé ébouriffé, je dois le dire. Votre mise est loin d'être *soignée**.

Je suppose que j'aurais pu répliquer quelque chose comme « nous voguerons sur la ta mise », mais j'avais l'esprit occupé par des pensées plus profondes. Pour tout dire, j'étais d'humeur pensive.

— Vous savez, Jeeves, on vit et on apprend.
— Monsieur ?
— Je veux dire que cet épisode m'a ouvert les yeux. Il m'a appris une leçon. Je vois maintenant qu'on a tort de croire que quelqu'un est un cœur sec et grossier, simplement parce qu'il se conduit habituellement comme un cœur sec et grossier. Quand on y regarde de près, on trouve de l'humanité même dans les endroits les plus inattendus.

— La vue d'un esprit ouvert, Monsieur.
— Prenez ce Sir Watkyn Bassett. Dans ma hâte, je l'ai toujours rangé dans les sales types sans aucune qualité. Mais de quoi m'aperçois-je ? Il y a du bon en lui. Ayant attrapé Bertram, il ne s'est pas efforcé de l'enfoncer, comme je m'y attendais, mais il a tempéré sa justice de mansuétude, et n'a pas porté plainte. Je suis touché de découvrir que sous cette rude écorce bat un cœur d'or. Pourquoi me regardez-vous comme une grenouille ahurie, Jeeves ? Vous n'êtes pas d'accord avec moi ?

— Pas vraiment, Monsieur, si vous attribuez la clémence de Sir Watkyn à la seule bonté de son cœur. Il y a eu une autre cause.

— Je ne vous suis pas, Jeeves.

— Votre mise en liberté a été ma condition, Monsieur.

Mon incapacité à comprendre s'intensifia. Il me semblait qu'il me parlait une langue inintelligible, ce qui est la dernière chose qu'on demande à son assistant personnel.

— Que voulez-vous dire ? Condition ? Condition de quoi ?

— De mon entrée à son service, Monsieur. J'aurais dû vous dire que, lors de son séjour à Brinkley Court, Sir Watkyn m'a très aimablement exprimé son appréciation de la façon dont j'accomplissais mes devoirs et m'a offert de quitter votre service pour entrer au sien. J'ai accepté son offre, à la condition que vous seriez immédiatement relâché.

Le poste de police de Totleigh-in-the-Wold est situé dans la rue principale du village et, de là où nous nous tenions, j'avais vue sur les établissements d'un boucher, d'un boulanger, d'un épicier et d'un pub qui vendait du tabac, de la bière et des alcools. Quand j'entendis ces mots, le boucher, le boulanger, l'épicier et le pub semblèrent pirouetter devant mes yeux, comme s'ils avaient la danse de Saint-Guy.

— Vous me quittez ? haletai-je, à peine capable d'en croire mes oreilles.

Le coin de sa bouche se releva. Il semblait prêt à sourire, mais, bien sûr, s'en abstint.

— Temporairement seulement, Monsieur.

À nouveau, je ne le suivais pas.

— Temporairement ?

— Je crois qu'il est très probable que, après peut-être une semaine, des divergences de vue s'élèvent entre Sir Watkyn et moi, m'amenant à donner ma démission. Dans cette éventualité, si vous n'êtes pas encore pourvu, Monsieur, je serais des plus heureux de revenir à votre service.

Je compris tout. C'était une ruse. Et la meilleure possible. Son cerveau, magnifié par un constant apport de poisson, avait trouvé le moyen et découvert une formule acceptable par les deux parties. Les brumes devant mes yeux s'éclaircirent et le boucher, le boulanger, l'épicier et le pub qui vendait du tabac, de la bière et des alcools revinrent à leur place pour ce que nous appelons le statu quo.

Une émotion soudaine me bouleversa.

— Jeeves, dis-je.

Et si ma voix tremblait, quelle importance ? Nous autres, les Wooster, nous sommes humains, après tout.

— Vous êtes unique. Vous êtes vraiment supérieur à tous. Je voudrais pouvoir vous prouver ma reconnaissance.

Il toussa, de sa toux semblable à celle d'un vieux mouton.

— Il y a quelque chose qu'il est en votre pouvoir de m'accorder, Monsieur.

— Nommez-la, Jeeves. Demandez-moi ce que vous voulez, même la moitié de mon royaume.

— Si vous pouviez accepter d'abandonner votre chapeau tyrolien, Monsieur.

J'aurais dû le voir venir. Cette toux aurait dû m'avertir. Mais je ne me doutais de rien et le choc fut sévère. Mais il était trop tard pour reculer.

— Vous iriez aussi loin que ça ? dis-je en mordant ma lèvre inférieure.

— Ce n'était qu'une suggestion, Monsieur.

J'ôtai mon chapeau et le considérai. Sous le clair soleil du matin, il n'avait jamais été si bleu, ni sa plume si rose.

— Je suppose que vous savez que vous me brisez le cœur ?

— Je suis désolé, Monsieur.

Je soupirai. Mais, comme je l'ai dit, les Wooster savent faire front.

— Très bien, Jeeves. Qu'il en soit ainsi.

Je lui tendis le chapeau. J'avais l'impression d'être un père jetant à regret son enfant par-dessus bord pour détourner l'attention d'une horde de loups affamés, comme ça arrive tout le temps en Russie, durant les mois d'hiver, mais, que voulez-vous ?

— Vous allez le brûler, Jeeves ?
— Non, Monsieur. L'offrir à Mr. Butterfield. Il pense que cela l'aidera grandement pour sa cour.
— Sa quoi ?
— Mr. Butterfield fait la cour à une veuve du village, Monsieur.

Cela me surprit.

— Mais il a eu au moins cent quatre ans à son dernier anniversaire !
— Il est bien pourvu en années, Monsieur, mais pourtant...
— Il y a encore de la vie dans la vieille bête ?
— Précisément, Monsieur.

Mon cœur fondit. Je cessai de penser à moi. Je venais juste de songer que je n'avais pas donné de pourboire à Butterfield avant de m'en aller. Le chapeau en ferait office.

— D'accord, Jeeves, donnez-lui ce couvercle. Et que le ciel comble ses vœux. Vous pourrez lui dire ça de ma part.
— Je n'y manquerai pas. Merci beaucoup, Monsieur.
— De rien, Jeeves.

Cet ouvrage a été imprimé en France par

à Saint-Amand-Montrond (Cher)
en juin 2011

Dépôt légal : septembre 2002.
N° d'édition : 3397. — N° d'impression : 111895/4.
Nouveau tirage : juin 2011.